くろねこカフェのおやつ

午後三時の蜂蜜トースト

高橋由太

角川文庫
23822

目次

Kuroneko Cafe no
Oyatsu

人物紹介

谷《や》中《なか》風《ふう》花《か》

父が経営していた葬儀会社「メモリアルホール谷中」を受け継ぎ社長となった。社長としての自分のふがいなさに悩んでいる。

谷《や》中《なか》景《けい》

風花の兄で寡黙な青年。料理が得意で、母が営業していた「くろねこカフェ」を引き継ぐ。

的《まと》場《ば》

「メモリアルホール谷中」の従業員。景の幼馴染みで同級生。仕事ができる頼れる存在。

黒猫のハルカ

風花と景が幼い頃にともに過ごした黒猫。「くろねこカフェ」の名前の由来でもある。

Kuroneko Cafe no Oyatsu

プロローグ

『メモリアルホール谷中《やなか》』は、谷中風花《ふうか》の父が始めた会社だ。名前を見ればわかるように葬儀会社で、千葉県袖ケ浦《そでがうら》市の海の近くにある。もちろん、いきなり葬儀会社を開業したわけではない。下積みというか、会社員時代を経験している。

父は袖ケ浦市の隣に位置する木更津《きさらづ》市の出身で、二十代のころは君津《きみつ》市にある大手の葬儀会社で働いていたらしい。

その葬儀会社が問題だった。悪く言えば、ぼったくり。改まった言葉で言えば、高額請求することで噂になっていた会社だ。

ひとの噂ほど当てにならないものはないけれど、この場合、紛《まご》うことなき真実だった。本当にあくどい会社だった。

日本の葬儀費用は、海外と比較して高いと言われている。アメリカやイギリスでは、七十万円から九十万円程度が平均だ。それに対して、日本の平均は二百万円から三百万円とも言われている。

ただでさえ高額なのに、遺族の無知や動揺につけ込んで、相場より高い葬儀を行わせようとするのだった。

例えば、ベーシックなプランを提示して契約してから、別料金のオプションを半ば強引に追加させて、驚くほど高額な費用を請求する。安い見積もりを提示して騙《だま》すのだ。

また、現代では多くの人間が病院で亡くなっているが、病院の霊安室に遺体を置いておける時間は限られている。二、三時間後には、遺体を運び出さなければならないこともある。遺族は動揺し、困り果てる。そこにつけ込んで高額の請求をしようと、病院と提携している葬儀会社も存在する。父が勤めていた葬儀会社は、まさにそれだった。

給料はよかったけれど、心と身体をすり減らす仕事だ。遺族に恨まれることも多く、罵声《ばせい》を浴びせられたこともある。

父は耐えられず、ある日、倒れた。ただの過労だと診断されたが、このままでは死んでしまうと思った。

身体は大丈夫でも、心が死んでしまう。地元に住む両親に相談すると、「そんな会社に勤めているほうが間違っている。一秒でも早く辞めろ」と言われた。その葬儀会社の悪評を知っていたのだ。

就職するときにも反対されたが、給料の高さに目が眩《くら》んでいて、ちゃんと聞かなかった。親の忠告を無視した。葬儀業界では悪い噂がつきものだから、気にする必要はないとも思っていた。

「おれが間違っていた」

父はうなだれた。両親だけではなく、不誠実な対応をしてきたひとたちに謝りたかった。


こうして会社を辞めた。ブラックな会社の例に漏れず退職者が多く、常に人手不足だった。脅すような口調で引き留められたが、父は辞意を翻さなかった。

それから逃げるように袖ケ浦町にやって来た。木更津市で生まれ育ったこともあり、袖ケ浦は身近な町だった。

「しばらく休んでから、今後のことを考えるつもりで行ったんだ」

誰に言うわけでもなく、そんな言い訳をした。自分に言い聞かせていたのかもしれない。意に染まない仕事を続けることはダメージが大きい。ひとは傷つきやすく、死はいつも身近にある。絶望するたびに、親しい幼馴染《おさななじ》みのように、あの世に来ないかと囁《ささや》きかけてくる。

とにかく父は袖ケ浦にやって来た。東京湾《とうきょうわん》アクアラインが開通する前のことで、

〝市〟ではなく〝町〟だった。今より人口は少なく、広大な自然環境に囲まれた美しい海岸線を持ち、その周辺には広大な緑地や森林が広がり、四季折々の美しい風景を楽しめる。のどかで心安らぐ町だった。

しかし袖ケ浦町に知り合いがいるわけではなかった。行く当てもなく海辺を歩いた。それこそ死に場所をさがすように。

春先の肌寒いような季節だったからか、海辺には、ひとがいなかった。海鳥が飛んでいるだけで、閑散としていた。

父は砂浜を足早に歩いた。足もとだけを見て、ときには駆けるように歩いた。一刻も早く、どこかに行きたかったのだ。けれど、そのどこかが何なのかわからない。ここが、そのどこかのはずなのに気持ちは落ち着かない。

こうして歩いている間も、金を毟《むし》り取るようにして取り仕切った葬式が思い浮かんでいた。この世を去っていったひとびとの顔が、いくつもいくつも頭に浮かぶ。祭壇に飾られた遺影は、どれも悲しげな目をしていた。悪徳業者である自分たちを咎《とが》めているでもなく、ただ悲しげだった。

叫び出したかった。

大声で喚《わめ》きたかった。

土下座をして謝りたかった。

でもそんな気力はない。急に歩くことさえ辛《つら》くなって、ひどく億劫《おっくう》になって、誰もいない砂浜に座り込んでしまった。

さっきまで早足で歩いていたのが嘘のように、身体に力が入らない。身体を動かすことができず、もう二度と立ち上がれない気がした。父は、それほどまでに打ちのめされていた。

そのとき小さな奇跡が起こった。人生には出会いがあり、小さな奇跡が起こることがある。他人には、ささやかなことのように見えるだろうけれど、父にとっては大切な出会いがあった。

意味もなく顔を上げると、父が座り込んだ砂浜のすぐ近くに、一軒の小さな喫茶店があった。足もとしか見ていなかったので、そんな建物があることさえ気づかなかった。

民家のような木造の一軒家だったが、黒猫をかたどった木製のプレートがドアにかけられていて、『海のそばの喫茶店』と看板が出ていた。変わった名前だと思いはしたが、喫茶店であることに間違いはなさそうだ。黒猫のプレートには、『営業中』の文字があった。

「コーヒー……」

喫茶店という文字を見て思い浮かんだ言葉を呟《つぶや》いた。喉《のど》が渇いていた。しばらく水分を取っていなかったからだろう。コーヒーを飲みたくなった。コーヒーで喉の渇きを解消することはできないと知っていたけれど、どうしようもなく飲みたかった。

父は立ち上がり、喫茶店のドアを押した。りん、と風鈴みたいな音がなり、若い女性の声が聞こえた。

「いらっしゃいませ」

その声の主が、母だった。こうして、二人は出会った。

父には父の傷があるように、母には母の傷があった。大切な家族を失ってできた傷だ。

その年の二年前、母親を病気で失い、父親も前年の暮れに死んでしまった。きょうだいはなく、親しく付き合っている親戚《しんせき》もいないという。この袖ケ浦の町で、一人きりで生きていた。

この喫茶店は、彼女の両親が趣味でやっていたものだった。他に仕事を持っていて、休日だけ開けていたという。

『海のそばの喫茶店』というのは、通称のようなものだったらしい。場所を説明するときに使っていた言葉だ。いろいろと名前を考えたが、どれもしっくりと来なかった。海の近くにあるイメージが強すぎたのかもしれない。結局、そのままの名前――『海のそばの喫茶店』になった。

　両親が死んだあと、母は一人で喫茶店をやっていた。

「でも、ひとりじゃないから」

　母はコーヒーを淹《い》れながら言った。このとき、まだ父とは恋人同士ではなかったけれど、個人的な話をする程度には親しい間柄になっていた。だから、この言葉の意味はわかった。父が何か言うより前に、返事をしたものがいた。

「にゃあ」

『海のそばの喫茶店』には、小さな黒猫がいた。子どものように見えるが、もう何年も一緒に暮らしているという。

　大きくならないタイプの猫なのだろう。赤い首輪のよく似合うオス猫だ。「ハルカ」という名前で、海のそばの喫茶店の看板猫でもあった。

「迷い猫だったの」

　砂浜を歩いているところを保護したという。海の遙か彼方《かなた》からやって来たように思えたので、そんな名前を付けたようだ。

「遙か彼方の『ハルカ』」

　彼女は改めて黒猫を紹介してくれた。すると、ハルカが面倒くさそうに鳴いた。

「にゃあ」

ドアにかけてあるプレートは、この黒猫を模したものらしい。そして、ハルカにちなんだメニューも喫茶店にはあった。

黒猫ハルカのプリン

卵黄を使わず、黒ごまと牛乳、生クリーム、蜂蜜《はちみつ》などで作ったスイーツだ。母の手作りで、疲れ果てた父を癒《い》やしてくれた甘味でもある。ちなみに、プロポーズの言葉も、これに関係するものだった。

「一生かけて、このプリンの作り方を教えてほしい」

あるとき父は母に言った。結婚を前提に付き合ってほしいという意味だ。本人は気の利いたことを言ったつもりのようだが、微妙でわかりにくい。でも、母と結婚したいという気持ちは伝わっていた。

だが、母は断ろうと思った。父のことが嫌いだったわけではない。ただ、両親を失い、一人で生きていくと決心していたのだ。結婚するつもりがなかった。

また、若い女性が一人で喫茶店をやっていると、つけ込まれることも多く、いろいろな男性に言い寄られる。そんな毎日にうんざりしていたこともあったみたいだ。

けれど母が口を開くより前に、ハルカが返事をしてしまった。タイミングよく鳴いたのだった。

「にゃあ」

仕方なさそうに頷《うなず》いたように見えて、二人は笑った。笑ってしまっては、断ることができない。一緒に笑えるひとがいると、気持ちが朗らかになるのも確かだ。母は答えた。

「プリンだけだと飽きるから、他のおやつの作り方もおぼえてください」

小さな黒猫に助けられて、父のプロポーズは成功したのだった。その数日後、二人は結婚した。


父は木更津市にある葬儀会社に就職し、二人は袖ケ浦で新婚生活を始めた。最初は、海のそばの喫茶店で暮らしていた。

だが、すぐに引っ越すことになった。黒猫のハルカを連れてマンションに引っ越した。子どもができたからだ。結婚した翌年に、兄の景《けい》が生まれ、その二年後に風花が生まれた。

それから父は十年かけて自分の葬儀店を持った。吹けば飛ぶような、小さな葬儀会社だ。

家族葬を中心に扱っている。ちなみに、家族葬とは、故人の家族や親しい人々だけが参列する形式の葬儀のことだ。一般的に、大規模な一般葬とは異なり、家族葬はよりプライベートな性格を持ち、アットホームで個人的な雰囲気で行われる。

「過去を償うことはできないが、悲しげな目をした遺影を減らすことができる。泣くのは、おれだけで十分だ」

そう言いながら――償うことはできないと言いながら、悪徳業者だったころに担当した家の墓石に頭を下げに行っていた。風花には何も言わなかったけれど、あるいは遺族にも謝ったのかもしれない。

父の行動によって引き起こされた結果は、すでに過去の出来事として確定しており、それをもとに戻すことは不可能だ。

けれど未来を変えることはできる。

誠実な明日の自分を作ることはできる。

母は喫茶店を続け、父は良心的な葬儀会社の社長になった。地元の評判もよく、喫茶店も葬儀店もそれなりに繁盛していた。兄も風花も元気に育ち、病気一つしなかった。病院に行った記憶がないくらいだ。

小学校に上がる前から、きょうだいは喫茶店の仕事を手伝い、ときには父の会社――メモリアルホール谷中に弁当やおやつを届けに行った。けれど、子どもだった風花は死が怖くて、死を身近に感じるのが怖くて、一人で葬儀店には行けなかった。いつも母や景と一緒だった。兄が手をつないでくれたことをおぼえている。ずっと、忘れずにいた。

しかしどんなに避けても、生きているかぎりひとは死に追いかけられる。逃れられない運命にある。死に触れずに生きていくことはできない。

風花が中学生のときのことだった。夏休みに入ったばかりの七月の朝、黒猫のハルカが目を覚まさなかった。名前を呼んでも返事をせず、触ってみると冷たかった。すごく冷たかった。

「お父さんっ！　お母さんっ！　景兄《けいにい》っ！」

風花は大声で呼んだ。その叫び声を聞いて、家族全員がやって来て、ハルカが死んでしまったことを確認した。

ハルカは十八歳を超えていた。十分に長生きだったけれど——たくさん生きたと獣医師に言われたけれど、納得できなかった。それほどまでに家族を失った悲しみは大きかった。

母はハルカを優しく抱き締めて頭を撫《な》で、その様子を父が見守っている。風花は泣きじゃくり、兄は名前を何度も何度も呼んだ。ハルカ、ハルカ……と呟くように呼んだ。

家族だけでハルカの葬式を出した。喫茶店の裏庭に小さな墓を作り、母は店の名前を変えた。

くろねこカフェ

猫にちなんだ名前を付けるのは、喫茶店やカフェの定番だ。どこにでもありそうな平凡な名前だったけれど、ハルカへの深い愛情と一緒に過ごした思い出があった。

風花は、しばらく立ち直れなかった。ハルカを思い出しては涙を流し、両親や兄が心配するほどに落ち込んだ。毎日のように、愛猫の墓に手を合わせた。家族を失うのは、辛《つら》いことだった。

その後、大地震をきっかけに老朽化していた建物を建て直し、海辺に佇《たたず》む古民家風のカフェになった。大きな窓があって、海がよく見える。袖ケ浦の美しい海を眺めることができた。

けれどハルカの墓は残っている。彼が寂しくないように、風花は裏庭に向日葵《ひまわり》を植えた。

夏になると、たくさんの向日葵が咲いた。

○

月日は止《とど》まることなく流れて、風花は大学生になり、兄は学校を卒業した。両親も歳を取り白髪が増えたけれど、相変わらず仲がよかった。

忙しい葬儀会社の仕事の合間を縫って父はカフェを手伝い、夫婦二人でカフェの仕入れに行っていた。

『道の駅木更津　うまくたの里』ができてからは、そっちに行くことが多かった。風花や兄が一緒に行くこともあったが、たいていは夫婦二人だった。二人で行くことを望んでいるようにも見えた。兄が風邪を引いて倒れたことがあって、それ以来、仕入れは父母の仕事になっていた。

うまくたの里は、くろねこカフェから自動車で十五分程度のところにある。アクアラインを通って観光客もやって来るが、地元民にも人気があった。母も気に入っているようだった。地場野菜や果物が豊富に売られていて、小さな店の仕入れにもぴったりだ。

飲食店経営者にとって、買い出しは日常だ。その日も、特別なことなど何もなかった。いつもと変わらない夏の暑い日だった。裏庭の向日葵が綺麗《きれい》に咲いていたことをおぼえている。

ミニバンに乗って、両親は出かけていった。

すぐ帰ってくるから。

留守番をお願いね。

かけられた言葉も、はっきりとおぼえている。風花の心に刻まれていた。だけど、帰って来なかった。

その帰り道、交通事故に巻き込まれて、父母は死んでしまった。居眠り運転のトラックとぶつかったのだった。風花と兄を置き去りにして、ハルカのいる世界に行ってしまった。

風花は、身体がバラバラになりそうな悲しみに襲われた。悲しすぎて、四十九日の法要が終わるころまでの記憶の多くがないほどだ。

四十九日が過ぎて立ち直ったわけではないけれど、やらなければならないことや決めなければならないことが、たくさんあった。

例えば仕事だ。両親のやっていた仕事をどうにかしなければならなかった。紆余曲《うよきょく》折《せつ》を経て、兄の景がくろねこカフェを継ぎ、妹の風花がメモリアルホール谷中を継いだ。店長と社長になったのだった。

「普通は反対じゃない？　どうして、お兄さんが葬儀会社を継がなかったの？」

何度も聞かれた。いろいろなひとに問われた。男だから女だからという考え方は古いだろうが、それでも会社を継ぐのは長男だというイメージは残っている。

また、男女に能力差はないとしても、事実として体力差はある。故人の身体の移動から、葬儀の設営・実施まで行わなければならない葬儀会社は、体力を必要とする仕事でもある。

風花は、学生時代にソフトボールをやっていた。今でも暇を見つけてジョギングしているので体力には自信があるけれど、それでも男性に勝てはしない。そもそも葬儀会社の社長になりたいと思ったことは、一度もなかった。

もっと言えば、カフェを継ごうと思ったこともない。母がこんなに早く死ぬなんて想像できなかったし、あまり料理が得意ではなかったからだ。

「景兄が葬儀会社を継げばよかったんだよ」

ずっとそう思っているし、口に出して言ったこともある。景は大学を卒業後、メモリアルホール谷中で働いていた。そつのない性格が幸いして、顧客や社員からも仕事ぶりを評価されていた。

風花は、いずれ兄が社長になるものだと思っていた。風邪で倒れたあと、葬儀会社の仕事を休んでいたが、それは一時的な休養で、客や社員へ感染させないように出社しないのだと思っていた。念のため検査をし、大丈夫だという診断が下ったと聞いた。

それなのに景はカフェを選んだ。メモリアルホール谷中には戻らなかった。古参の社員が言うには、両親もそのつもりでいたようだ。兄にカフェを継がせ、妹を葬儀会社の社長にしようと考えていたらしい。

会社を継ぐつもりがあるか、と風花の意思を確認しようとしていた矢先、事故が起こって死んでしまった。

「無理して継がなくてもいい」

景は言ったが、父の作った会社を他人任せにしたくないという気持ちがあった。古参の社員たちは社長になることに尻込《しりご》みしていて、このままだと外部から社長を招くことになると聞いていた。

大手葬儀会社の傘下に入るという話まで出ているらしい。それでは、父が報われない。

その葬儀会社の評判は悪く、あくどい商売をしているという噂もあった。そんな会社の傘下に入るなんて、いくら何でも、あんまりだ。父がかわいそうだ。それこそ浮かばれない。

「わたしがやります。社長になります」

思わず言ってしまった。一般企業で働くつもりだったが、まだ内定をもらっていなかったこともある。新卒といえども私大文系女子の就職は厳しく、希望する会社の内定をもらえる確率は高くない。だから、葬儀会社を継ぐことに支障はなかった。

こうして風花は大学卒業後、メモリアルホール谷中に社長として入社した。誰かに無理やり社長にされたわけではなく、自分で決めたことだ。

だがその決断を後悔することになる。葬儀会社になんて入らなければよかったと思うことになる。

第一話

午後三時の蜂蜜トースト

袖ケ浦市ってどんな所？

東京湾沿い、千葉県のほぼ中央に位置する、人口約6万5千人ほどの市です。

東京湾に面した北西部一帯は埋立地であり、石油製油所などの大規模な工場が立ち並びます。

それとは対照的に、市の中央部には田園風景が広がり、東部はゴルフ場やキャンプ場のある山林があるなど、豊かな自然が残されています。

（袖ケ浦市観光協会「袖ケ浦NAVI」より）

「中野順子《なかのじゅんこ》さまが、生前予約の契約を締結したいそうだ」

メモリアルホール谷中の従業員の的場《まとば》が言った。髪の毛を撫《な》でつけて、丸い眼鏡をかけている。会社では笑ったことがなく、ダークスーツのよく似合う引き締まった体格をしている。

映画に出てくるチャイニーズマフィアのような容貌《ようぼう》をしているが、仕事は抜群にできる。とんでもなく有能だった。

若手のエースとして現場をほとんど一人で回していた。的場がいなかったら、風花は今以上に立ち往生していただろう。現実的な話として、メモリアルホール谷中は潰《つぶ》れていたかもしれない。

的場は、景の幼馴染《おさななじ》みで同級生――つまり、風花より二歳年上だ。子どものころからよく知っていて、遊んでもらった記憶もある。もう一人の兄のような存在だ。だから、お互いに話し方も砕けている。風花は的場を年上扱いしないし、的場は風花を社長扱いししない。

「で、どうする？」

そう問われたのは、風花が中野順子の担当をしていたからだ。地元密着の小さな葬儀会社なので、社長だろうと現場で働く。電話番もすれば、会社の掃除もする。顧客を受け持つのは当たり前だ。

ちなみに生前予約とは、生きているうちに葬儀や埋葬に関する希望をあらかじめ指定し、そのための契約を結ぶことだ。全国的に行われていて、メモリアルホール谷中の看板商品でもあった。飛び込みでも相談を受けているし、日にちを決めて無料相談会を開くこともある。

高齢者が主な顧客だが、若くして相談に訪れる者もいる。地元の人間もいれば、海の近くで葬式をあげたいと遠くからやって来る者もいた。誰もが、自分の死について考えていた。

——自分で自分の棺桶《かんおけ》を担ぐことはできない。

世界の多くで、これと同様の内容の諺《ことわざ》や格言が存在している。死後のことは自分自身では管理できないという意味だ。

どんな優れた人間でも、どんなにお金を持っていても、最期は必ず誰かを頼らなければならない。当たり前だが、自分で葬式をあげることはできない。

だが死んだあとの準備をしておくことはできる。それは自分のためだけではなく、残されたひとびとのためでもある。

生前に葬儀の計画を済ませておくことで、遺族が葬儀の準備や手続きに追われずに済む。また、葬儀にかかる費用を事前に把握することで、予算を考慮したプランを立てることができる。つまり、自分の持っている貯金の範囲内で葬式をあげることができるのだ。

自分の葬式にこだわりのある人間もいるけれど、「家族や親戚《しんせき》に迷惑をかけたくない」という思いや、「葬式を頼める身内がいない」という事情を抱いて、メモリアルホール谷中を訪れる高齢者が多い。独り暮らしの老人は、その傾向が強い。他人に迷惑をかけたくないと思いながら暮らしているのだ。

順子もそんな高齢者の一人だった。飛び込みで生前予約の相談にやって来て、たまたま対応した風花が担当することになった。

八十歳を過ぎていて、数年前に夫に先立たれ、子どもはなく、親戚とも疎遠になっていると言った。近所付き合いはあるけれど、まさか葬式を頼むことはできない。風花にそんな話をした。

「老人ホームに行くべきだったたって、わかっていたんですけどねえ」

言い訳するように言った。順子は、一軒家で暮らしていた。築四十年の木造建築で、屋根も壁もボロボロになっているという。長い間、風雨や日光を浴びたことによって腐食や変形したのだろう。大規模な改築や修繕もしていないようだ。もちろん耐震工事もしていない。

大地震も怖いが、地球温暖化の影響もあって、大きな台風が毎年のようにやって来る。千葉県は台風の進路上に位置することが多く、被害の出やすい場所だ。実際、令和元年房総《ぼうそう》半島台風のときには、死者や重傷者が出ている。

住居の心配をするのは葬儀会社の仕事ではないけれど、大丈夫なんですかと聞きたくなった。今からでも老人ホームに行ったほうが安全だと思ったのだ。引っ越しをすすめたくなった。

風花は考えていることが顔に出やすいタイプだ。このときも、考えていることが顔に出たのだろう。順子が返事をするように言った。

「夫が建ててくれた家なんですよ」

二人の間に子どもができないとわかったとき、将来、妻が困らないように、せめて寝る場所がなくならないように、無理をして住宅ローンを組んで建ててくれた。不器用な夫が示した順子への愛情の証《あかし》だった。

男のほうが先に死ぬものだからな。そんな台詞《せりふ》も口にしたという。女性のほうが平均寿命が長い上に、夫は順子より七歳年上だった。自分のほうが早く死ぬと考えるのは普通だろう。

「わたしより長生きしてくださいって、お願いしたんですけどねえ」

葬儀会社の相談窓口で順子は続ける。一人になりたくなかった。家があっても、夫のいない世界で生きていけると思わなかった。

だから、ずっと生きていてほしかった。あの世に行くときには、一緒に行きたかった。

でもそれは叶《かな》うはずのない願いだった。十年前、夫に病気が見つかり、あっという間に死んでしまった。

「夫がいない世の中では生きていけないと思っていたのに、夫の病気が見つかったとき、彼が死んだら、あとを追うつもりでいたのに、こうして生きているの。自殺する勇気がなかった。死ぬことが怖かった」

そう呟《つぶや》く声は小さく、そして震えていた。一人で生きることは怖いが、死ぬことだって怖い。勇気という言葉を使っていいのかはわからないけれど、両親を失っている風花には気持ちがわかった。

ひとは、弱くて、脆《もろ》くて、儚《はかな》い。

世の中は、切なくて、悲しくて、寂しい。

涙を流して縋《すが》りたくても、縋るものさえなくなってしまう。大好きなひとと永遠には一緒にいられない。どんなに望んでも、同時に死ぬことはまずできない。心中や事故死などを除けば、最期には、どちらかが必ず独りぼっちになってしまう。

そして順子は独りぼっちで人生の終わりを迎えようとしていた。

「この前、病気が見つかったの。夫と同じ病気だったわ。来月から入院することになっているけれど、もう手術することはできないって。それで、苦痛を緩和するケアって言うのかしら？　なるべく苦しまないようにするから入院しましょうって、お医者さんが言ってくださったの。お言葉に甘えて、あの世に行くまで病院で面倒を見てもらうの」

その声はもう震えていなかった。風のない日の海のように、穏やかに凪《な》いでいる。だが、しゃべりすぎたと思ったのだろう。順子がはにかんだように微笑み、言葉を改めるように言った。

「病院に入る前に、自分でできるかぎり用意をしておこうと思って、こちらにお邪魔したんです」

風花は返事ができなかった。涙があふれかけていたせいだ。葬儀会社の人間が泣いては仕事にならない。

遺族が安心して泣けるようにするのが、自分たちの役目だ。わかっていたけれど、涙を呑《の》み込むことができなかった。涙を抑えることができない。

せめて泣いていることを隠そうとうつむいていると、穏やかな老婦人の声が話を続けた。

「夫の建ててくれた家も取り壊して、土地を売ることにしました。もう、あの家に帰ってくることはないでしょうから」

そのお金でお葬式をあげてもらおうと思っているんです、と順子は言った。童女のようにあどけない声をしていた。

「今どき、そんな土地を売ったって、たいしたお金にならないでしょうけど、相談に乗ってくださる？　わたしのお葬式の相談に乗っていただきたいの」

やっぱり返事はできなかった。口を開いたら、嗚咽《おえつ》があふれてしまう。うつむいたまま、ごめんなさい、と頭を下げて立ち上がった。そして、的場に頼んで担当を変わってもらった。

風花はどこまでも役立たずだった。

名ばかりの社長で、誰の役にも立っていない。

○

あれから半月が経った。中野順子が、メモリアルホール谷中で生前予約を結びたいと連絡してきた。彼女は病院に入っていた。

住んでいた家はすでになく、土地が売れたという。契約を締結するためには、緩和ケア病棟まで足を運ぶ必要があった。

葬儀会社のスタッフが病院に行くのは珍しいことではない。けれど、耐えられそうになかった。順子に合わせる顔もない。

「的場さん、お願いします。的場さんが無理なら他のひとに……」

蚊の鳴くような小さな声で言うと、的場が頷《うなず》いた。

「わかった」

了解してくれた。しかしそのとき、ため息混じりの声が飛んできた。

「そういうの、いい加減にやめてもらえますかねえ。大所帯じゃないんですから、自分の仕事は自分でやらないと」

そう言ったのは、古株の社員で経理の岩清水《いわしみず》だった。父がこの会社を作ったときから在籍していて、そろそろ五十歳になる。薄くなりかけた髪の毛を無理やりに七三に分けて、整髪料で撫《な》でつけている。分厚いレンズの眼鏡をかけていて、鶏ガラのように痩《や》せている。誤解を恐れずに言うと、昭和のドラマに嫌われ役で出てきそうな容貌《ようぼう》だ。

口を開くと、風花に嫌みを言う。風花は、たぶん嫌われている。だけど間違ったことは言っていない。

「だいたい、葬儀会社の人間が泣いてちゃ商売にならんでしょう」

これもその通りだと思う。葬式は残されたひとびとが思う存分泣いて、故人を偲《しの》び、その死を受け入れるためのものだ。遺族や置いていかれた人間のために葬式は行われる。もちろん、その他にも意義があるだろうが、少なくとも葬儀会社の人間が泣くためにあるのではない。

生前予約にしても、これから死にゆく者と残されるひとびとのためにある。やがて訪れる死を受け入れて、ときには泣くためにあるのだ。それが今まで生きてきた自分への供養になる。

それなのに風花は泣いてしまう。泣いたのは、今回が初めてではなかった。毎回というわけではないけれど、葬式や生前予約の話を聞きながら涙があふれてくることがあった。死んでしまった両親のことを思い出し、どうしようもなくなってしまったこともある。

「やっぱり、お嬢さんには無理だったんじゃないですかねえ」

岩清水の言葉が胸に刺さる。この男だけは、「お嬢さん」と風花を呼ぶ。名前で呼ばれたことも、社長と呼ばれたこともなかった。いや、社長とわざとらしくイントネーションを変えて、全力で嫌みを込めて呼ぶことはある。

父が死んだとき、大手葬儀会社の傘下に入ったほうがいいと主張した。今でも、そのほうがいいと思っているのかもしれない。古参の社員だけに、風花にも遠慮しなかった。

「簡単な仕事ではないですからねえ」

辞めろと言わんばかりだ。

「社長になったからと言って、急に何もかもできるようにはならないですよ」

的場が庇《かば》ってくれた。岩清水は納得できない顔をしている。

「それはそうかもしれないけどさ」

できなすぎるのは問題だ。そう言わんばかりだった。その気持ちは、風花にもわかる。顧客の相談に乗ることもできず、経理に明るいわけでもない。的場や岩清水を始めとする社員たちに任せっきりだった。

「的場くんが社長をやったらよかったんですよ」

岩清水がそんなことまで言い出した。岩清水のように口に出しはしないが、誰もが思っていることだろう。風花だって、そう思っている。的場にそう言ったこともあった。

「おれが社長になったら、会社の雰囲気が暗くなりますよ。そういう柄じゃないですし」

的場が答えた。風花が言ったときと、同じ返事だった。素っ気なく社長になることを拒んでいる。

そこまで雰囲気が暗くなるとは思えないが、確かに社長という感じの男ではなかった。有能だけれど、先頭に立つタイプではない。黒幕、参謀という言葉がぴったりくる。本人も表に出ることを嫌がった。雑誌やインターネットの取材があっても、写真に写らないようにしていた。

「ひとの死に向き会うんだから、少しくらい暗くてもいいでしょう」

「暗いのは、少しじゃないですから。こんなのが社長になったら、客や社員の気が滅入りますよ」

「そんなことはないと思うけどなあ」

「とにかく、おれには無理です」

　的場はきっぱりと断り、嫌みな古株社員に水を向けた。

「そういう岩清水さんだって、社長になるのを断りましたよね」

「わたしは経理マンですからね」

　胸を張って答えた。経理担当者が社長になることは、世間的には珍しくない。銀行から派遣されてくることだってあるくらいだ。社長の責任を負わされるのが嫌なのだろう。

「母親の面倒もありますから」

　声を落として付け加えた。岩清水には、介護の必要のある母親がいた。車椅子で、自分の力で動くことができないという。

誰もが事情を抱えて生きている。風花の知らないところで苦労をしている。風花だけが辛《つら》いわけではないのだ。

「会社が潰《つぶ》れたら困るんですよねぇ」

岩清水が言ったが、もう嫌みには聞こえなかった。自分なんかじゃなくて、しっかりした社長がいたほうがいいと思った。

「心配しなくても大丈夫ですよ。風花は、健康で元気ですから」

的場が反論しているが、何の慰めにもなっていなかった。他に取り柄がないと言われているようなものだ。

「まあ、健康なのは結構だけどねぇ」と、なぜか語尾を濁すように岩清水が的場に応じている。

気を使わなくてもいい。励ましてくれなくてもいい。

自分は葬儀会社の仕事に向いていない。メモリアルホール谷中の社長になるべきじゃなかった。今になってわかった。今さら、はっきりとわかった。みんなに迷惑をかけているし、風花だって辛い。仕事をするのが苦しかった。ここが自分の居場所だとも思えない。

できるだけ早く辞めよう。的場か岩清水に社長を代わってもらおう。この二人が無理なら、景が社長になればいい。風花が社長を続けるより、上手《うま》くいくはずだ。岩清水だって納得するだろう。

そう決めたけれど、自分勝手に辞めることはできない。事情があったにせよ、自分の意志で社長を引き受けたのだから。

葬儀関係の職場は、慢性的に人手不足だ。労働環境の厳しさから、もともとのなり手が少ない上に、時給を高くしてもアルバイトさえも集まらない。その結果、長時間労働が当たり前となり、深夜や休日出勤が必要な場合もある。社員同士で話している暇もないほど忙しい時期があった。

一般に、寒い季節は葬式が立て込むと言われているが、メモリアルホール谷中も例外ではなく、そのころは休みがなくなるくらい葬式の予定が詰まっている。

今は一月の下旬だ。ヒートショックで倒れるひとも多く、一年でもっとも忙しい時期でもあった。経理の岩清水も含めた全員が、毎日のように現場に駆り出される。問い合わせの電話が、昼夜を問わずにかかってくる。

いくら風花でも、そんなときに社長を辞めたいとは言い出せない。猫の手ほどの価値もない自分だけど、荷物運びや葬式の設営の手伝いはできる。むしろデスクワークより得意だった。

汗をかくのは好きだ。朝から晩まで——ときには、徹夜で駆け回っていると、自分が無能だということを忘れられる瞬間があった。自分の居場所だと思えるときがあった。

だがそれも長くは続かなかった。

その日は、朝から寒かった。地面には霜が降り、空はどんよりと曇っていて、今にも雪が降ってきそうだった。

そんな中、風花は窓を開けて会社の掃除をしていた。寒かったけれど、空気を清潔に保つ必要があった。

建物や家具に抹香のにおいが染みついているのは仕方がないにせよ、それが濃くなり過ぎないように気をつけなければならない。メモリアルホール谷中では、こまめに換気することになっている。気持ちを引き締める意味でも、朝一番の窓開けは欠かせなかった。

「この寒いのに窓を開けなくても」と文句を言いそうな岩清水は、まだ出社していない。若手の風花と的場だけだった。

的場は寒いのが平気らしく、いつもの涼しい顔でファイル整理をしている。キーボードを叩《たた》いていた。

風花が床にモップをかけていると、デスクの電話が鳴った。その音を聞いた瞬間、心臓が縮み上がりそうになった。驚いたのではなく、何の電話なのか内容が予想できたからだ。

　まだ午前七時にもなっていない。この時間の電話は、たいていの場合、誰かの死を知らせるものだ。今まで何度も対応しているのに、いまだに慣れない。身体が固まってしまう。

　それでも電話を取ろうと手を伸ばしたが、的場がそれを制して、デスクの受話器を取った。

「メモリアルホール谷中です。お電話ありがとうございます。担当の的場がご用件をお伺いいたします」

　マニュアル通りに返事をしている。そして、相手の言葉を聞き、お悔やみを口にした。

「このたびはご愁傷さまでございます。すぐにそちらにお伺いいたします」

　やっぱり誰かが死んでしまったようだ。質問をせずに対応しているということは、生前予約を締結していたひとが死んだのかもしれない。

　急に寒さを感じた。気づくと、身体が震えていた。さっきまで平気だったのに、どうしようもなく寒い。

　窓を閉めてエアコンのスイッチを入れた。温かい風が流れてきたけれど、身体の震えはおさまらない。

そうしている間に的場が通話を終え、まだ震えている風花に電話の内容を教えてくれた。

「中野順子さまがお亡くなりになった」

葬式は簡素なものだった。生前契約で本人が希望していた通りの、葬儀式や告別式を行わない直葬だ。

火葬場へ搬送し、僧侶《そうりょ》に読経してもらい、火葬し骨上げをするだけだった。費用は、ほとんどかからない。葬儀会社によって違いはあるけれど、僧侶に支払う金額を別にすれば、二十万くらいだろうか。人件費の問題もあって、メモリアルホール谷中からは、風花一人が立ち会うことになった。

順子には家族も付き合いのある親戚《しんせき》もいなかったが、交流のあった近所の老婦人たちが火葬場に来てくれた。大声で泣く者はいなかったけれど、参加した誰もが涙を流していた。

「こんなのってないわ」

その中の一人が呟《つぶや》いた。誰に言うともなく呟いたのだった。

「自分の葬式代くらい残しておきなさいよ。最後なんだから、ちゃんとした葬式をあげなさいよ」

いちばん安いお葬式にしてください。なるべくお金をかけずに済ませたいの。

生前予約を結んだとき、順子は的場にそう言ったという。彼女にお金がなかったわけではない。

夫が残した貯金もあったし、土地を売ったお金も入っていた。立派な葬式をあげても、お釣りがくるほどの蓄えがあった。

だが順子は立派な葬式を望まなかった。葬儀会社のひとにこんなことを言って、ごめんなさいね。申し訳なさそうに頭を下げてから、こんな言葉を口にした。

お金は必要なひとにあげたいの。わたしは十分幸せだったから。葬式なんかなくても大丈夫だから。

そして病院でかかるであろう費用とこの葬式代を除いた上で、ほとんど全額を寄付してしまった。

優しいひとだった。

でもきっと孤独なひとだった。結局、独りぼっちで死んでしまった。風花は、何の力にもなれなかった。

火葬場で、風花は泣いていた。僧侶が読経している間も、骨上げが終わったあとも、ずっと、ずっと泣いていた。

葬儀会社の人間が泣いてはいけないのに、何もしていない自分に泣く権利なんてないのに、ここでも涙を止めることができなかった。直葬を仕切ることもできず、僧侶や参列した老婦人たちに助けてもらった。

やっぱり自分はこの仕事に向いていない。みんなに、それ以上に、亡くなってしまったひとたちに迷惑をかけている。ちゃんと葬式を仕切れないのだから、会社にいるべきではない。

○

風花と景は、袖ケ浦駅前にあるマンションに住んでいる。両親と暮らした場所でもある。

きょうだい二人で暮らしているのだが、滅多に顔を合わせることがなかった。食事も別々に取る。各々に部屋がある上に、生活時間帯が違いすぎるせいだ。兄に避けられているような気がするときもあるけれど、そういうわけでもないらしく、毎日のように食事の用意をしておいてくれる。景は料理が得意だった。ちなみに、風花は料理が苦手だ。

公平に考えれば、避けているのは風花のほうだろう。葬儀会社は昼夜を問わない仕事で、徹夜も多く、疲れてしまうので帰ってくるなり寝てしまう。兄に話しかけた記憶は、ここ最近なかった。

そのくせ、くろねこカフェで会うことがあった。お茶を飲みに行っているわけではない。葬儀会社の仕事の一貫として打ち合わせに行くのだ。

くろねこカフェは、メモリアルホール谷中と切っても切れない関係にある。血縁者が経営しているということだけではない。父が社長だったころから使われているキャッチコピーがある。

あなたなら、最後のおやつに何を用意しますか？

通夜から始まって、火葬場、法要と食べ物を振る舞う場面は多く、生前契約でも必ず注文を受ける。

葬式そのものに希望がなくても、食事の内容を気にするひとは少なくなかった。人間は食べ物と切っても切れない関係にある。

――いただきます。

当たり前のように口にしている言葉には、「命をいただいています」という意味と感謝の気持ちが込められている。ひとは生きるために、動植物の尊い命をもらっているのだ。

メモリアルホール谷中では、葬式の数日後に親しい人間を招いて、カフェでおやつを食べるというオプション商品を用意してあった。

生前予約しておけば、自分が死んだあとに、大切なひと――例えば、家族や友人におやつを振る舞うことができる。本人のいないお茶会の生前予約だ。葬式や法事とは別の流れで行われるから、あくまでも私的な会合だ。

その会合の場所が、くろねこカフェだった。大切なひとを招待し、貸し切りで行われる。

店名にちなんで、こんな名前が付いていた。

くろねこのおやつ

大切なひとによろこんでもらった記憶や、「美味《おい》しいね」と言われた思い出は、誰にとっても宝物なのだ。

最期の瞬間に思い浮かぶのは、大切なひとの笑顔なのかもしれない。病気になったときに、自分のことよりも残していく人間を心配するひとは多い。

メモリアルホール谷中で生前予約した全員が、くろねこのおやつを希望するわけではなかったけれど、それなりに申込者はいた。

ただ最近は積極的にすすめないようにしていた。メモリアルホール谷中としての方針だ。あまり宣伝もしていない。チラシには載せているが、わざと小さい文字で素っ気なく印刷されている。

その理由はわからない。風花は社長だが、商品のすべてを仕切っているわけではなかった。新聞に折り込む広告については、的場や岩清水が担当していた。風花は口を出さない。チラシの見本は見せてくれるが、意見を言ったことはなかった。

くろねこのおやつについても、的場と兄に任せっきりだった。あるいは、葬儀はお金がかかるものだから、少しでも費用を抑えるためにオプションをすすめないようにしているのかもしれない。安ければいいというものではないけれど、今の世の中、値段を抑える努力は必要だろう。

また、無料相談会などで宣伝しようにも、風花はその席——くろねこカフェのお茶会に立ち会ったことがなかった。担当者として顔を出すのは、事前の打ち合わせのときだけだ。

だって、くろねこのおやつは兄の仕事なのだから。亡くなったひとの主催するお茶会なのだから。妹だろうと、葬儀会社の人間だろうと、招かれていないのに行くことはできない。

「そんなに暇じゃないから」

誘われたこともないのに、風花は独りごちる。実際に忙しかったし、兄との間には見えない壁があった。お互いに必要最低限のことしかしゃべらない。

両親が死んでから、仕事の打ち合わせ以外で、くろねこカフェには入っていなかった。黒猫のハルカの墓参りをしても、景に声をかけずに帰った。メモリアルホール谷中を辞めようと思っていることも、兄には話していない。社長を代わってもらうとしたら話さなければならないが、それも的場に任せようと思っていた。

日を追うごとに見えない壁は厚くなり、兄との距離は離れていく。たった一人の家族なのに、何も話せずにいた。

そんなとき、一通の手紙が届いた。洒落《しゃれ》た雰囲気の黒い封筒が、マンションのポストに入っていた。

差出人を見るまでもなく、どこから届いたのかわかった。このデザインは知っている。くろねこカフェの封筒だ。

『海のそばの喫茶店』から店名を変えたときに、母が作ったものだった。わざわざ銀《ぎん》箔《ぱく》で店名と猫のシルエットを印刷してある。

届いた封筒の宛て名は、風花になっていた。

「どういうつもり？」

眉根《まゆね》を寄せて呟《つぶや》いた。いたずらかとも思ったが、兄はそんな真似をしない。真面目で堅苦しく、冗談の通じないタイプだ。

このとき景はすでにマンションを出ていた。問い詰めることはできない。おそらく、カフェに行ったのだろう。

ちなみに風花は午後から出社することになっている。友引なので、葬儀や火葬場に行く予定も入っていないから、ゆっくり出社できる日だった。

封筒に切手は貼られてなかった。ポストに直接入れたということだ。

やっぱり、いたずらなのか？　わけがわかならかった。

眉間のしわを深くして封筒を開けると、黒猫のイラストが描かれた可愛らしいカードと便箋《びんせん》が入っていた。

そして、そのカードには知っている名前が書かれていた。

谷中風花さま

このたび、くろねこカフェでお茶会を開催することになりました。

お忙しいとは存じますが、お時間を割いていただければ幸いです。

なお、お茶会にはくろねこのおやつをご用意して、心よりお待ちしております。

中野順子

「中野順子さん……」

思わず、また呟いた。死んでしまったひとからの招待状だった。風花は、まじまじと文面を見る。

手書きだ。細い黒のボールペンで書かれていて、女性の字のように見える。文字の端が優しくカーブしていて、筆圧は弱めだ。

兄の筆跡ではないので、おそらく中野順子本人が書いたものだろう。丁寧な字だった。

同封されている便箋には、くろねこのおやつの説明、お茶会の開催日時、カフェの住所と地図、連絡先が印刷されているだけで、他には何も書かれていなかった。

「……どういうこと？」

順子が申し込んだということはわかるけれど、自分に招待状が届くなんて予想もしていなかった。生前予約の相談を受けたとき以外に会ったことがなく、個人的なやり取りがあったわけでもない。

「どうして、わたしに？」

呟いてもわからない。くろねこのおやつを申し込んだことを――順子が風花を招待したことを、兄は知っていたはずだが、風花には何も言わなかった。におわせさえしなかった。

だんだん腹が立ってきた。いつだって兄は、この調子だ。風花を無視して、好き勝手に生きている。

文句を言ってやろう。それから、どうして自分が招かれたのかの事情を聞こうと、風花は兄のスマホに電話した。

でも出なかった。LINEでメッセージを送ると、わずか数秒後に、「くろねこカフェに来ればわかる」と素っ気ない返事があった。つまり、電話に出なかったのはわざとだ。どこまでも腹立たしい。とことん腹が立つ。

無視してやろうか。咄嗟《とっさ》にそう思ったが、風花を招待したのは兄ではないのだ。くろねこカフェのお茶会に行かないのは、順子の遺志を無視することになる。招待状を書く順子の姿が思い浮かんだ。

くろねこカフェで書いたのかもしれないし、病室で書いたのかもしれない。いずれにせよ、自分の死後に行われるお茶会を想像しながらペンを動かしたのだろう。

また涙があふれてきた。どうしようもなく悲しい気持ちになった。招待状の文字が滲《にじ》んで見える。

独りぼっちで死んでいった老婦人の願いを断ることはできなかった。風花には、できない。

指定された時間は、午後三時だった。風花の勤務時間だ。いくら社長でも勝手に休むことはできない。

普通のお茶会の誘いなら断るところだけれど、くろねこのおやつはメモリアルホール谷中がすすめた商品でもある。最近は数を減らしていたが、新聞の折り込み広告で宣伝している。

風花は出社し、みんなに相談した。友引だったから社員は少なく、的場と岩清水しかいなかった。

「行ったほうがいい」

皆まで聞かずに的場が返事をした。順子の生前予約を担当したのは彼なので、このことを知っていたようだ。

「的場くんの言う通りですね」

と、岩清水が同意した。

「生前予約は我が社の看板ですし、これからも伸びる商品です。くろねこのおやつについては思うところもありますけどねえ。まあ、でも受けた以上は仕方がないでしょう。ちゃんとやらないと信用にかかわります」

真面目な男なのだ。葬儀会社の経理マンとしては、文句のつけようがないくらい仕事ができる。その岩清水が、意味ありげに風花を見て付け加えた。

「お嬢さんがいらっしゃらなくても、今日は大丈夫だと思いますしねえ」

嫌みに聞こえるのは、風花の僻《ひが》みだろうか。ずっといなくても問題ないと言われている気がした。名ばかりの社長は、たいした仕事をしていない。

とにかく会社を抜けることを許してくれた。話を切り上げるように、的場が風花に言った。

「ゆっくりしてくるといい。景によろしくな」

午後二時過ぎに会社を出た。くろねこカフェは、メモリアルホール谷中から歩いて十分くらいの場所にある。海のすぐ近くに店を構えている。

風花は、内房《うちぼう》に向かって歩いた。子どものころから何度も歩いた道だった。ひとは入れ替わり、袖ケ浦の町は変わったけれど、海と空の青さは記憶にあるままだ。揺れる水面《みなも》が、冬の日差しを受けてキラキラと燦《きら》めいていて、宝石を撒《ま》いたみたいに見えた。

綿雲《わたぐも》というのだろうか。白くふわふわとした外観を持ち、綿のような柔らかな質感の美しい雲が浮かんでいる。海鳥たちが優雅に円を描くように舞っていた。

冬だけど、晴れているおかげで寒くはなかった。潮風が頬を撫《な》でる感触が心地いいくらいだった。

足を止めて目を閉じると、海鳥の鳴き声がすぐ近くに聞こえてくる。自分に話しかけられているような気持ちになった。

深呼吸するように息を吸ってから、ふたたび砂浜を歩いた。夏には賑《にぎ》わう海辺も、この季節は誰もいない。ただ、ひとが遊んだ形跡はあった。子どもが通れそうなくらい大きな砂のトンネルが残されていた。

「なんか似てる」

言葉に出して呟《つぶや》いた。子どものころ、兄と砂浜で遊んで、二人で作ったトンネルにそっくりだった。

幼い兄と自分の姿が思い浮かんだ。あのころに作ったトンネルが現れたような気持ちになったけれど、もちろん違うものだろう。もう十年も昔の話だ。砂のトンネルなんて、誰が作っても似たような感じになるのかもしれない。

あのころに帰れればいいのに、と風花は思った。両親が生きていて、兄とも仲のよかった子どものころに戻りたかった。

けれどその希望は絶対に叶《かな》わない。どんなに願っても、ひとは未来に進むことしかできない。

「ピーヒョロロロ……」

とんびが鳴いた。けれど、どこにいるのかはわからなかった。カモメとウミネコしか見えない。

風花はさがすのを諦《あきら》めて、視線を戻した。そして、驚いた。砂浜の先に、小さな黒猫がいたからだ。赤い首輪をしている。

「まさかハルカ……？」

とうの昔に死んだ愛猫の名前を呼んだ。本当に、そう見えたのだ。すると、黒猫が鳴いた。

「にゃあ」

やっぱりハルカに似ている。死んでしまった黒猫が、現れたような気がした。風花は歩み寄ろうとした。だが、近づくことはできなかった。

「にゃ」

短く鳴いて、走り去った。追いかけようとしたときには、姿は消えていた。隠れる場所などないのに、どこにもいない。

幻を見たのだろうか？　どうにもわからなかった。少し、おかしくなっているのかもしれない。

ため息をついて、さらに足を進めた。何分も歩かないうちに、古民家風の建物が見えてきた。一階建ての木造建築だが、窓が大きく、民家には見えない。飲食店だとすぐにわかる。

黒猫をかたどったプレートが入り口のドアにかけてあって、洒落《しゃれ》た白抜き文字でこう書かれている。

くろねこカフェ
本日は貸し切りです。

お馴《な》染《じ》みのプレートでもあった。ずっと使われているはずなのに、少しも古びていない。光の加減によっては、新品にも見えた。

「景兄がいるんだよね……」

わかりきっていたことを独りごちる。アルバイトを雇っていないかぎり、店にいるのは兄一人だ。

くろねこのおやつのお茶会があるときは、他の客を入れない。死んでしまったひとに招待された者だけが、カフェに入ることができる。母が店主だったころから、決まっていることだ。

「わざわざ貸し切りにしなくたっていいのに」

何となく気まずかった。一緒に暮らしているくせに、二人きりになりたくなかった。何を話せばいいのかもわからない。どうにも気が進まなくて、黒猫のプレートの前でぐずぐずしていた。

スマホを見ると、午後三時になろうとしていた。余裕を見て出てきたつもりなのに、ぎりぎりになってしまった。兄と約束したのならともかく、風花を招待してくれたのは順子だ。遅れるわけにはいかない。

「仕方ない。入るか」

肩を竦《すく》めて、くろねこカフェの扉を押し開けた。ちょうど、午後三時。招待状に書いてあった時間通りだ。

りりん、と呼び鈴が鳴った。ドアベルとして付けてあるのだけれど、いつ聞いても風鈴の音に似ている。

その音に返事をするように、ふたたび、とんびがピーヒョロロロ……と鳴いた。さっきよりも遠くに聞こえた。

風花は振り返らず、くろねこカフェに入った。

「いらっしゃいませ」

風鈴より涼しげで、夜の風のように静かな声が出迎えてくれた。聞き慣れている兄の声だ。

もちろん声だけでなく当人が立っていた。呼び鈴が鳴る前から、風花が来るのをドアの前で待っていたのだ。店の奥からやって来た気配はなかった。

お客さまをお出迎えするのも、カフェ店主の大切な仕事よ。母はそう言っていた。景はその言葉を守っている。メモリアルホール谷中の担当者として訪れたときも、事前に約束しているかぎり、必ず入り口の前で待っていた。

改めて兄の姿をみる。相変わらず細身で、肌が抜けるように白い。そして、黒いシャツに黒いズボン、黒いエプロンを付けていた。見事なまでに黒一色だった。エプロンに文字も書かれていなければ、猫のイラストも描かれていない。店名さえ入っていなかった。お洒落と言えなくもないが、色目《いろめ》が暗すぎて存在そのものが沈んで見える。

黒い洋服を着ると顔色が悪く見えることがあるので、客商売には向いていないと思うのだけれど、兄は他の色を身につけなかった。普段着にしてもそうだ。

だが、昔からそうだったわけではない。黒以外の服も、それなりに着ていたはずだ。それがいつからか、黒い服ばかり着るようになっていた。

一方、風花は白い服が好きだった。そういう意味では、正反対のきょうだいなのかもしれない。

ただ、もちろん顔立ちは似ていて、猫顔というのだろうか。黒猫と白猫にたとえられることがあった。景が黒猫で、風花が白猫だ。死んでしまった両親は、そんなふうに言っていた。

そんなことはどうでもいい。猫でも犬でも何でもいい。この兄に聞いておきたいことがある。

「どういうこと？」

挨拶《あいさつ》も抜きに、風花は招待状を突き出すようにして聞いた。

「中野順子さまのご依頼です」

兄は平然と答えになっていない返事をした。しかも丁寧語だった。妹としてではなく、客として接するつもりなのだろう。

「どうして、わたしなの？　中野さんは、何て言ってたの？　一緒に暮らしているのに、なんで教えてくれなかったの？」

矢継ぎ早に聞いた。嚙《か》みつきそうな顔になっていたことだろう。景は返事をしなかった。

「こちらの席へどうぞ」

と、風花を窓際の席に案内しようとする。物腰は丁寧だけれど、風花の質問を拒んでいた。

見かけは優しそうだが、兄は頑固だ。一度決めたことは、まず覆さない。子どものころから、そんな性格をしていた。

ただ今回は納得できない。腹も立っていた。説明のないことに抗議するつもりで風花が黙っていると、景も口を閉じた。風花を案内しようとした窓際の席の前で動きを止めている。

顔立ちが整っていることもあって、兄は精巧に作られた人形みたいだった。黒い服装のせいもあるのだろうが、いつにも増して顔が青白く見えて、いっそう人形じみていた。

無言の時間が流れた。海の音がよく聞こえる。波の音。風の音。海鳥の鳴き声。また、とんびが鳴いた。何度も鳴いた。

前《さき》に音を上げたのは、やっぱり風花だった。もともと無口な兄が相手では、勝負にならない。

「……わかった」

ため息混じりに言って、窓際の席に腰を下ろした。何事もなかったように、景が話を進める。

「ご予約いただいたおやつをお持ちしますので、少々お待ちください」

まるで風花が注文したみたいな言い方だ。しかも返事を待たずに、キッチンに行ってしまった。さっさと歩いていった。愛想のかけらもない。

「客商売として、どうなのよ」

声に出して呟《つぶや》いた。マイペースすぎる。無愛想すぎる。風花相手だからということもあるだろうけど。

とにかく一人になった。

くろねこカフェには、テレビもラジオもない。音楽もかかっていなかった。母が店主だったころは、海外の名曲、例えば、カーペンターズの『イエスタデイ・ワンス・モア』がよく流れていた。

その曲は、風花が生まれるずっと前——一九七三年にリリースされて大ヒットしている。

終わってしまった昨日を、幸せだった昨日を歌った曲だ。ボーカルのカレン・カーペンターは、三十二歳の若さで亡くなっている。

彼女の声は、綺麗《きれい》だけど悲しい。少しだけ、死んでしまった母の声に似ていた。ハルカと一緒にいる母の姿が思い浮かんだ。まるで写真を見ているような、鮮明な絵が浮かんだ。

母がくろねこカフェでコーヒーを淹《い》れている。その足もとにはハルカがいて、窓際の席には父が座っている……。

また涙があふれそうになった。両親が死んでから、ずっと情緒が安定していない。すぐに暗い気持ちになり、些細《ささい》なことで泣いてしまう。けれど、こんなところで泣くわけにはいかない。

涙を呑《の》み込もうと、カーペンターズを頭から追い出し、改めて店内を眺めた。くろねこカフェは広い店ではない。カウンター席はなく、丸テーブルが二つ置かれているだけだ。ぎゅうぎゅうに詰めても、十人も座れないだろう。

だが狭苦しい感じはなかった。優しく落ち着いた雰囲気が漂い、現実社会と切り離されたような――ここだけ時間がゆっくりと流れているかのような空間が広がっている。

大地震をきっかけに建て替えてはいるが、内装や家具は、母がやっていたころのものをなるべく使っている。

飴色《あめいろ》に光る木製の椅子やテーブルが並び、くすんだ色合いのレンガ調の壁が店内を包み、飾り気のない吊《つ》りランプが天井からぶら下がっている。その壁には、黒猫の姿をした掛け時計と小さな黒板がある。両方とも、母が買ってきたものだ。子どものころから見ている。

黒板に目をやると、いくつかのハーブティーの名前と「本日のおやつ」の文字が書かれている。本日のおやつが何なのかの説明はなかった。これも、母がやっていたときから変わっていない。聞けば教えてくれたが、出てくるまでのお楽しみにしたかったようだ。

――人生には、小さな秘密も必要だから。

わかったような、わからないようなことを言っていた。母にも秘密があったのだろうか。

他にも、おぼえていることはある。例えば、兄と役割を争うようにして、この黒板にメニューを書いた記憶だ。母を手伝いたかったし、チョークを走らせるのが楽しかった。頼まれてもいない猫の絵を描いて、母に笑われたこともある。父にも兄にも笑われた。

記憶の何もかもが鮮明で、つい昨日のことのように思える。父がいて、母がいた。黒猫のハルカもいる。幸せだった。泣きたくなるくらい幸せだった。

両親に守られながら暮らした日々は、もう二度と戻ってこない。優しい記憶を残して、どこかへ行ってしまった。遠くに行ってしまった。

「みんな、どこに行っちゃったのかなあ……」

テーブルに目を落として呟いた。誰にも届かない声で問うた。

ひとは死ぬと、どこに行くのだろうか。父と母は、あの世で一緒に暮らしているのだろうか。ハルカとも再会できたのだろうか。

それから、中野順子のことを考えた。夫と幸せに暮らしているといいなあ、と思った。独りぼっちは、寂しくて悲しいから。どうしようもなく切ないから。

両親を失い、いつの間にか兄と溝ができた風花も寂しかった。この世界に取り残されたような気持ちがする。

泣きそうになったり、昔を懐かしんだり、落ち込んだりしていると、香ばしいにおいが漂ってきた。パンの焼けるにおいだ。

風花は顔を上げた。その瞬間、キッチンから景が出てきた。料理を載せた銀色のトレーを持っている。

目が合ったが、兄は何も言わなかった。ただ、用心深い猫のように足音を立てずに歩き、風花の座るテーブルのそばまでやって来た。それから、店員の口調を崩さずに言う。

「お待たせいたしました。こちらが、中野順子さまよりご注文いただいた『くろねこのおやつ』です」

とても静かに——コトリとも音をさせずにテーブルに皿を置いた。焼き立てのトーストが載っていた。こんがり焼いた食パンから湯気が立っている。美味《おい》しそうだが、戸惑った。

「ええと……」

風花は整理する。くろねこのおやつは、死者から生者への贈り物でもある。多くの場合、思い出のおやつが用意されるのだが、焼き立てのトースト？　思い当たる節がなかった。そもそも中野順子と一緒に何かを食べた記憶がない。それとも忘れてしまっているのだろうか？

記憶を辿《たど》るように、皿の上をまじまじと見た。四枚切りの食パンが、綺麗にトーストされている。

普段食べているものより分厚いけれど、どこにでも売っていそうな普通の食パンだった。なぜ、これが出てきたのか、さっぱりわからない。

首を捻《ひね》っていると、ふたたび兄が言ってきた。

「こちらをかけてお召し上がりください」

六つの小さなガラス容器をテーブルに並べた。それは猫の形をしていて、少しずつ色合いの違う琥珀色《こはくいろ》の液体が入っている。光の加減によっては、美しい黄金色にも見える液体だ。

袖ケ浦市に住んでいれば、これが何なのかはわかる。六つ置かれていることからも明白だった。それでも風花は聞いてみた。

「これは?」

「袖ケ浦産の蜂蜜《はちみつ》です」

予想通りの答えが返ってきた。そして、小さなガラス容器の一つ一つを指差して紹介する。

「アカシア、さくら、マテバシイ、タマツバキ、カラスザンショウ、百花蜜《ひゃっかみつ》です」

天然蜂蜜は花の種類によって色と風味が違うが、袖ケ浦市では六種類の花の蜜が採れる。地元民にはもちろん、観光客からも人気の高い逸品だ。ふるさと納税の返礼品にもなっていることがあった。

ちなみに猫の形をした小さなガラス容器は、蜂蜜ポットとかハニーディスペンサーと呼ばれるものだ。

ガラス容器の猫たちは、みんな違う恰好《かっこう》をしている。香箱座りをしたり、招き猫になったり、前足で顔を洗ったり、伸びをしたり、しっぽを立てたり、上を向いたりと思い思いのポーズを取っていた。どれも可愛らしい。

琥珀色に輝く猫たちを眺めるように見ていると、兄がまた声をかけてきた。

「トーストが冷めないうちにお召し上がりください」

　しつこく丁寧な言葉遣いを続けている。さっき昔のことを思い出したからか、お店屋さんごっこをやっているような気持ちになった。そう思うと、この状況は気恥ずかしい。

「わかった、わかった」

　わざとぞんざいに返事をしてから、百花蜜の入ったガラス容器を手に取った。上を向いた猫の蜂蜜ポットだ。

　百花蜜は、様々な種類の花から採取された蜜をブレンドして作られている。だから、使われている花の種類で風味や香りが変わってしまう。それどころか、同じ花の蜜でも、その年の気候や環境によって違う味わいになる。

　客からの指定がないかぎり、くろねこカフェでは百花蜜を使うことが多い。昔からそうだった。母も百花蜜を好んで使っていた。ハーブティーやホットミルクにも、百花蜜が添えられていた。

　どうして、この蜂蜜が好きなの？　あるとき風花は聞いてみた。すると母はこんなふうに答えた。


一期一会の味だから。

一生に一度しか出会えない蜂蜜。そう教えてくれた。ひととの出会いもそうなのかもしれない、とも母は言った。

人生の中で出会うひとや物事には、すべて意味がある。この瞬間は、二度とは訪れない。過去や未来にとらわれることなく、現在と向き合わなければならない。今を大切にしなければならない。そんな話をしてくれた。

「いただきます」

誰に言うともなく呟《つぶや》き、風花はまだ温かいトーストを、ナイフとフォークで小さく切り分けた。

表面はカリカリに焼けているが、中はもっちりしている。四枚切りの厚い食パンだからだろう。切り分けたばかりの面から、濃い湯気が立ちのぼった。蒸し焼きのようになっている。

そこに百花蜜をかけると、ふんわりと甘い香りを立てながらパンに染み込み、蜂蜜が広がっていく。偏らないように、蜂蜜を均等にかけた。円を描くように、トースト全体にかけた。

やがて、琥珀色の液体がトーストの表面を滑らかに覆い、宝石のような美しい光沢を放ち始めた。まだ食べていないのに、蜂蜜の味が口いっぱいに広がった。過去に食べた味の記憶が再生されているのだ。

そういえば、この店で蜂蜜トーストを食べたことがあった。子どものころに母が作ってくれたものを、兄と二人で食べた。そのときも、百花蜜をたくさんかけた。

すべてをおぼえているつもりでも、忘れてしまった出来事がある。薄れてしまった記憶がある。いずれ、父や母の顔も思い出せなくなるのかもしれない。

また、感傷的な気持ちになった。それを吹き飛ばすように、一口サイズに切り分けたトーストを口に運んだ。

百花蜜の甘い香りが、トーストの香ばしさと一緒に鼻から抜けた。パンの微《かす》かな塩気が引き立てているからなのか、蜂蜜はそのまま舐《な》めるよりトーストに垂らしたほうが甘く感じる。花の香りが愛《いと》おしい。記憶の中の蜂蜜より美味しかった。すごく美味しかった。

けれど、やっぱりわからない。順子が何を考えて、風花を招待したのかわからなかった。くろねこのおやつを振る舞われる理由がわからない。

事情を知っているであろう兄の顔を見ると、小さく頷《うなず》き、説明を始めた。

「蜂蜜は、パーフェクトフードと呼ばれています」

ビタミンやミネラル、アミノ酸、ポリフェノールなどの栄養素が含まれている上に、消化吸収がよく、体内で素早くエネルギーに変換される。疲労回復にも効果があった。

栄養価が高いことは知っているけれど、聞きたいのはそこではない。そう言おうとしたとき、景が言った。

「疲れているように見えたそうです」

「え？」

問い返す風花の声が消えてから、兄が言葉を続けた。

「中野順子さまがおっしゃっていました」

甘い物を食べると元気になるから、蜂蜜を使ったおやつを出してほしい。それが、彼女の注文だった。

風花を気にしてくれていたのだ。生前予約の相談中に泣き出した挙げ句、途中で担当を代わったのだから、心配されるのは当然なのかもしれない。その気持ちはありがたかったけれど、同時に情けなくなった。

「お年寄りに心配されるなんて……」

急に食欲がなくなった。風花は、フォークを置いて下を向いた。兄が問いかけてきた。

「駄目なんですか」

「だって――」

風花のほうが、心配しなければならない立場だったのだ。葬儀会社の社長であることを差し引いたとしても、相手は独りぼっちの老婦人なのだから。寂しく暮らしていたのだろうから。

泣き言を並べるように言うと、景が応《こた》えた。

「独り暮らしだからって、孤独なわけじゃない。ひとは望まないかぎり、独りぼっちにはならない」

口調が変わっていた。カフェのマスターとしてではなく、話してくれたのだ。久しぶりに兄自身の言葉を聞いた気がした。

頭が固くて、正論ばかり言うのも昔のままだ。でも、何を言おうとしているのかわからない。

「どういう意味？　中野さんは家族がいなかったって……」

親しくしていた親戚《しんせき》もいなかったはずだ。夫が亡くなってから、ずっと独り暮らしだったのに――独りぼっちで暮らしていたのに、それでも孤独じゃなかったというのか。

「家族や血縁だけがすべてじゃない。人間は、多様なひとびとと関わりを持ち、支え合うことができる」

だが実際には、家族のいない高齢者は孤立しがちだ。家族は通常、高齢者にとっての主要なソーシャルサポートの提供者であり、情緒的なつながりや物理的な援助を行っている。

確かに支援ネットワークや地域のサポートによって、孤立を防ごうという試みはなされているが、すべての独居老人を救えてはいない。高齢者をサポートする人員や施設、予算などのリソースが足りていないのだ。助けることのできない老人は存在している。兄の台詞《せりふ》は、現実からかけ離れた理想論にすぎない。

「それはそうかもしれないけど――」

反論しようとしたが、景に遮られた。

「決めつけるな」

叱るような口調だった。しかし、怒ってはいない。風花をまっすぐに見て、諭すように続ける。

「高齢者が常に助けられる側だと、かわいそうな存在だと決めつけるな。勝手に同情するな。助ける側に立っているひとだっている」

兄の言うことは、やっぱり正論だ。高齢者は経験や知識を持ち、貴重な支援や知恵を周囲に提供することができる。困っているひとに手を差し伸べることができる。そうして社会を支えているひとも多い。

「そもそも、中野さんは孤独じゃなかった。おまえも知っているはずだ。火葬場に友達が来ていただろ」

「うん……」

風花はこくりと頷いた。そのしぐさがスイッチだったみたいに、火葬場に来てくれた老婦人たちの泣いている様子が脳裏に浮かび、それから、耳にした言葉が再生された。

自分の葬式代くらい残しておきなさいよ。最後なんだから、ちゃんとした葬式をあげなさいよ。

持っていたお金のほとんどを寄付する、と順子は言っていたようだ。そのときは自分のことでいっぱいで深く考えなかったが、今になって思い返すとおかしい。

葬儀費用の平均は、二百万円から三百万円と言われている。順子は、それくらいのお金を持っていた。

そんな大金をどこに寄付したのだろう？

疑問に思った。胸がざわついた。独り暮らしの老人を狙う詐欺は多い。怪しげな新興宗教に入れあげるケースも珍しくなかった。身ぐるみを剝《は》がされて、一文なしになった高齢者の話を聞いたこともあった。

風花は考えていることが顔に出やすい。このときもそうだったらしく、景が呆《あき》れた口調で言ってきた。

「心配するなら、もう少し早く心配しろ」

その通りだ。生前予約の相談に来たときに——それが無理なら、葬式のときに思い当たるべきだった。

けれど、今さらだろうと知ってしまった以上は放っておけない。せめて通報すべきだ。

「警察に——」

のんきに蜂蜜《はちみつ》トーストを食べている場合じゃない。風花は立ち上がり、警察署に行こうとした。だが止められた。

「行かなくていい」

「でも……」

躊躇《ためら》う風花に、景が命令口調で言った。

「いいから座ってろ」

最近では、ついぞ聞いたことのない乱暴な言い方だった。ふと、子どものころを思い出した。

昔は——小学生のころは、こんなふうに兄貴ぶったしゃべり方をしていた。威張っていただけではなく、いじめっ子から助けてくれた。いたずらをして親に叱られたときには、風花を庇《かば》ってくれた。いたずらの罪を被《かぶ》ってくれたこともある。

――いいから、おれに任せておけ。

子どものころに何度も聞いた言葉だ。優しい兄だった。それが、いつの間にか溝ができてしまった。

その溝が急に消えたような気がした。きょうだいの間にあった壁がなくなったような気がした。

だから風花は素直に席に戻った。さっきまで座っていた椅子に腰を下ろし、子どものころに何度も言った言葉を口にした。

「うん。わかった」

昔みたいに、ありがとうと続けそうになって、慌てて口を噤《つぐ》んだ。ここでお礼を言うのはおかしい。ハルカの幻を見たり、今日の自分はおかしい。

兄はそんな妹から視線を外し、ポケットからスマホを取り出して操作を始めた。警察に行くのではなく通報するのか。そう思ったけれど、景は電話をせず、スマホの画面を風花に突き出してきた。

そこには、SNSが映っていた。一瞬、順子のアカウントかと思ったが、そうではなかった。

風花の知らないひとがツイートしていた。

悲しいお知らせがあります。昨日、大切な仲間であり友人でもある中野順子さんが、天国に旅立ちました。

順子さんは常に優しく、温かい笑顔でわたしたちを包んでくれました。また、多くの猫の命を救いました。

本当にありがとう。順子さん、ありがとう。

どうか安らかにお休みください。


「猫?」

風花は兄の顔を見て、問うようにそう呟《つぶや》いた。多くの猫の命を救った? 大切な仲間? どういうことだ?

順子から事情を聞いていたらしく、景がその疑問に答えた。

「保護猫活動をしていたそうだ」

野良猫や捨て猫などを保護し、適切な治療や世話を行い、新しい家族をさがす活動のことだ。野良猫や捨て猫は、病気や怪我などで苦しんでいる場合もあり、保護猫活動を通じて命を救い、よりよい環境で生活できるように支援する。

風花は、ふたたびスマホの画面を見た。指を伸ばして、兄のスマホに触れてツイートを遡《さかのぼ》る。情報を得ようとした。

順子の逝去を伝えたのは、地元では有名な保護猫活動の団体の役員だった。順子が三百万円を寄付したことも書かれていた。そのとき、彼女が言った言葉も紹介されている。画像が貼られていた。

家のない猫たちのためにお金を使ってほしい。わたしは幸せだったから。たくさんの友達に囲まれて、温かい人生を送ることができたから。居場所もあったし、優しい思い出もいっぱいあるから。

だから、葬式はいらない。家のない猫たちが温かく暮らせるように、辛《つら》い思いをしないで済むように、このお金を使ってほしい。

一般的には、数千円から数万円の範囲で寄付されることが多いと言われており、三百万円は破格の大金だ。桁《けた》が二つも三つも違う。しかも、自分の葬式代として貯めていたお金も含まれているらしい。

こんな大金はもらえない、と保護猫団体の役員は固辞したが、順子は聞かなかった。そのときの彼女の返事も、ツイッターに投稿されていた。

このお金で、家のない猫たちが少しでも安心して暮らせるようになるのなら、こんなに嬉《うれ》しいことはない。

自分にもできることがあったんだ、と思うことができる。自分の人生に誇りを持てると思うの。


風花は、スマホの画面をさらにスクロールさせる。ディスプレイから目を離すことができなかった。

SNSは悲しみの声にあふれていた。誰もが順子の死を悼んでいる。近所のひとしか葬式に来なかったのは、彼女がそう望んだからだった。出席者が増えれば手間や費用がかさむ。その手間や費用で、一匹でも多くの保護猫を救ってほしいと言ったのだった。

そんなひとだから、生前予約の相談の席で泣き出した風花を放っておけなかったのだろう。元気づけようとして、蜂蜜を用意してくれたのだ。お茶会に招待してくれたのだ。あるいは、自分が死んだあとに風花が落ち込むことを予想していたのかもしれない。

順子の穏やかな顔が思い浮かび、涙があふれてきた。ささやかだった葬式を思い出し、鼻の奥がツンと痛くなった。瞼《まぶた》も熱い。嗚咽《おえつ》が込み上げてくる。スマホを胸に押し返した。

「もう、いい。ちゃんと見たから」

そう呟いた声は、どうしようもないくらい掠《かす》れていて、泣いている子どもの声になっていた。

兄の前で泣くなんて恥ずかしい。泣き顔を見られたくない。でも、涙を止めることはできなかった。

深呼吸をして落ち着こうとしたけれど、目尻《めじり》に溜《た》まった涙があふれ出て、零《こぼ》れ落ちていく。熱い滴《しずく》が頬を伝い、顎《あご》から滴り落ちる。情けない形の水玉が、テーブルにいくつもできた。

それでも、どうにか気持ちを落ち着かせて、風花は独り言のように呟く。

「かわいそうだと思われてたのかなあ……」

仕事もできないくせに、葬儀会社の社長になって押し潰《つぶ》されそうになっている、かわいそうな女の子だと思われたのだろう。きっと、そうだ。場違いな場所にいる風花に同情したのだ。

故人や遺族に同情されるようでは、葬儀会社のスタッフは勤まらない。ましてや社長でいるのは無理だ。

自分と同じ形をしている水玉を見るように、ふたたび、風花はテーブルに視線を落とした。いくつもの滴が落ちていて、そのすべてが歪《ゆが》んでいた。

――卑怯《ひきよう》だ。

わたしは卑怯だ。風花はそう自覚していた。葬儀会社の社長でいることが辛くて、泣いてばかりいる自分が情けなくて、そこから逃げ出したくて順子を利用している。これを口実にして辞めるつもりなのだ。

妹の考えていることくらいわかっているだろうに、兄は風花を責めなかった。その代わり、順子の言葉を伝えてくれた。

「かわいそうだなんて言っていなかった。いたたまれなくなったのは――泣いてしまったのは、親身になって話を聞いてくれた証拠だと言っていた。おまえに感謝してた。最後に話を聞いてもらえて、よかったって。おまえみたいなひとに会えて、よかったって」

「感謝なんて……」

弱々しく言葉を返した。未熟だから感情を抑えることができなかっただけだ。泣くのを我慢できなかっただけだ。

うつむいたまま、ぼそぼそと言うと、兄が否定した。

「それは『未熟さ』じゃない。『優しさ』だ。泣きたいのを我慢しなくてもいい。感情を抑える必要はない。もし、それを未熟と言うなら、未熟で優しい葬儀会社の社長になればいい」

自分を励まそうとしている。その気持ちはうれしいけれど、やっぱり顔を上げることができない。また、ぼそぼそと言葉を返した。

「なればいいって、景兄がそう言っても——」

創業者の息子だが、メモリアルホール谷中の従業員ではない。言ってみれば、無関係な人間だ。風花が社長として役に立っていないことも知らないだろう。

だが、違った。無責任な励ましではなかった。勝手な言葉を並べたわけではなかった。

「そう言ったのは、おれじゃない」

意外な台詞《せりふ》だった。風花は顔を上げて、兄の顔を見た。すると景が続きの言葉を口にした。

「父さんだ。優しい葬儀会社を目指していたって、おまえも知っているだろ」

悪辣《あくらつ》な葬儀会社に勤めていたことを反省し、そして悔やんでいた。その反省から、メモリアルホール谷中を設立した。もちろん儲《もう》からなければやっていけないが、それでもなお、良心的な運営を心がけていた。小さな家族葬については、地域で一番の評判を取るほどになっている。

「おまえは、父さんの目指した葬儀会社の社長にぴったりだ」

過去を償うことはできないが、悲しげな目をした遺影を減らすことができる。泣くのは、おれだけで十分だ。

そんな父の言葉を思い出した。父も涙もろかった。子どもの葬式があった日は、家でも泣いていた。

「家族だけじゃない。的場もそう言っていた。メモリアルホール谷中の社長は、お人《ひと》好《よ》しでいい。風花みたいな涙もろい人間がいいってな」

「え？　的場さんが？」

さっきまで泣いていたくせに、声が弾んだ。的場が認めてくれていると知ってうれしかったのだ。

からかわれている気もする台詞だが、それでもうれしかった。あの場所にいてもいい。そんなふうに言われたように思えた。

兄がふと思いついたように、余計な一言を付け加えた。言わなくてもいいことを言った。

「岩清水さんも、風花が社長でいいと言っていた」

「……それは嘘だよね」

思わず突っ込んだ。あの男が、自分を認めるはずがない。風花は、まじまじと兄の顔を見た。相変わらずのポーカーフェイスで、どこまで本当のことを言っているのかわからない。

しかも景は返事をしなかった。風花と目が合うと、何か言いたそうな顔をしたが、それは本当に一瞬のことだった。チャンネルを変えたみたいに、店員の口調に戻って言った。

「お茶をお持ちします。少々、お待ちください」

さっさとキッチンに行ってしまった。岩清水の言葉は、やっぱり嘘だったみたいだ。兄のいなくなったカフェで風花が独りごちる。

「逃げなくてもいいのに……」

自分だって景を避けていたくせに、くろねこカフェに入ることさえ躊躇《ためら》っていたくせに、そんなことを言った。

それから、くすりと笑った。頰が緩んだ。こんなふうに笑うのは、何だか久しぶりだった。

何分かが経った。

兄がキッチンから戻ってきた。お茶の用意をしていたのは本当らしく、ガラス製のティーポットとカップをトレーに載せている。テーブルに置き、店員の口調で話しかけてくる。

「こちらは、当店からのサービスになっております」

透明のカップに美しい黄金色の液体を注いだ。湯気が立ちのぼり、ほのかに甘い花の香りがした。カップに注がれるたびに、その香りがくろねこカフェいっぱいに広がっていく。

「カモミールティーです」

カップに注ぎ終えてから兄が言った。ドライカモミールの花を使ったハーブティーだった。

いつのころからだろうか。景はカフェインの含まれていない飲み物を好むようになった。家でもハーブティーをよく飲んでいる。もともと珈琲《コーヒー》屋だったカフェのマスターのくせに、コーヒーを避けているように思えることさえあった。

「『マザーハーブ』とも呼ばれています」

そんなふうに呼ばれているのは、ヨーロッパで何世紀にもわたって使用されてきた、安全で用途の広いハーブだからだという。古代の文化や伝統医学では、ハーブティーが身体の不調を和らげたり、病気の治療に使用されることが一般的だった。現代でも、健康目的で飲むものはいる。

カモミールティーは、胃の調子を整えたり、炎症を抑えたり、肌や髪にも良いとされていて、リラックス効果もある。心身の疲れを癒《い》やしたいときや不眠症、ストレスによる不調などを和らげる効果が期待できる。

ちなみに、カモミールティーは世界的に有名な絵本『ピーターラビット』にも登場する。

それくらい親しまれているハーブだ。ハーブティーに詳しくなくとも、カモミールティーの名前は知っているだろう。

兄とは反対に、風花はほとんどハーブティーを飲まない。家でも職場でも、コーヒーか日本茶を飲んでいる。

正直に言えば、あまり好きではなかった。喫茶店だかレストランだかでハーブティーを飲んだことはあったけれど、そのときは、草を煮出したような味がする液体だと思った。一口飲んでギブアップした。口直しにコーヒーを注文した記憶があった。

そんなふうだから、くろねこカフェでハーブティーを飲んだ記憶はない。母が生きていたときも飲まなかった。

「蜂蜜《はちみつ》を加えてお飲みください」

景にすすめられた。無理強いする感じではないが、なんとなく断りにくかった。また、今までに飲んだハーブティーと違い、兄の淹《い》れたカモミールティーからは花の甘いにおいがしていた。

「それじゃあ」

おそるおそる百花蜜を加えた。ハーブティーの温かさで、蜂蜜がすーと溶けた。そして、花の香りが強くなった。

そのにおいに誘われたように、風花の喉《のど》が小さく鳴った。ガラス製のカップを手に取り、カモミールティーに口を付けた。その瞬間、優しく温かな味わいが口いっぱいに広がった。

カモミールのフローラルな風味と蜂蜜の甘さが絶妙に混じり合い、まるで花畑にいるような気持ちになった。身体の底から温かくなってくる。全身から力が抜けて、心地いい穏やかさに包まれていく。

「美味《おい》しい……」

ため息と一緒に言葉が出た。今まで苦手だったハーブティーが、どうしようもなく美味しかった。ほっとする味だ。疲れていた風花を癒やしてくれた。

それはカモミールティーと百花蜜のおかげだけではない。こんな自分でも、それくらいのことはわかっている。

「美味しいと言う言葉が、中野順子さんへのお礼になります」

兄が、海のほうを見ながら言った。景が何を言おうとしているのかは、すぐにわかった。前にも景から聞いたことがあった。ずっと忘れていたけれど、ふいに思い出した。

海上他界観というやつだ。

海の向こうにあの世があるという考え方だ。沖縄と奄美《あまみ》の伝承では、海の彼方《かなた》や海底に「ニライカナイ」と呼ばれる他界が存在するとされている。日本だけではなく、カリブ海地域やノルウェーを始めとする各地に似たような思想がある。

海は生と死の境界を象徴しており、海を渡ることで肉体を離れた魂や霊があの世へと到達する。海の向こうには、死者のための新たな生活や存在が待っていると信じられているという。

両親が死んだとき、泣いている風花にそう言って慰めてくれた。海の向こうから見守っていてくれている。だから両親やハルカを心配させないようにがんばろう、と兄は言った。

本当に理屈っぽい。海上他界観やニライカナイを持ち出さなくてもいいだろうに。普通に慰めることができないのだ。

それでも、その言葉は励みになった。海の向こうから見守られていると思うと、心が強くなった。

「景兄、あの――」

風花はお礼を言おうとした。この安らぎをくれたのは、順子であり、目の前にいる兄なのだ。話を聞いてもらい、励まされ、そして、美味しいおやつを食べさせてもらった。

けれど、最後まで言うことはできなかった。兄が、風花の言葉を遮った。

「くろねこのおやつをごゆっくりお召し上がりください」

ホテルマンのように一礼すると、キッチンに行ってしまった。きっと照れているのだ。そういえば、昔から照れ屋だった。マンションでも、妹と二人きりで話すのを照れているのかもしれない。

「まったく、もう」

勝手に決め付け、風花は笑った。ほんの数分前まで泣いていたのに、いつの間にか笑っている。明るい気持ちになっている。食欲も湧いてきた。

「ちょっと冷めちゃったけど食べるか」

蜂蜜トーストは冷めても美味しい。蜂蜜がトーストにしっかり染み込んで、豊かで味わい深い甘さを感じることができるからだ。しっとりした食感も、優しい甘さに合っている。

「がんばってみるか」

風花は独り言を重ねた。それは決心でもあった。冷めてしまった蜂蜜トーストを食べながら、前を向いて歩いていこうと思うことができた。わたしは負けない、と心の中で呟《つぶや》いた。海の向こうを見ながら呟いた。

未熟で優しい葬儀会社の社長になろう。自分のできることをやっていこうと思うことができた。

蜂蜜は、ひとを元気にする。

出会いは、ひとを元気にする。

第二話

失恋とブルーベリータルト

袖ケ浦公園

大小2つの池の周囲に四季折々の花が咲く袖ケ浦公園。5月中旬から6月中旬にかけて、約3600平方メートルの菖蒲《しょうぶ》園に15、000株もの花菖蒲が咲き揃います。花菖蒲まつりも開催。

2月梅、3月～4月菜の花、桜（園内約1、100本）、5月下旬～6月中旬は花菖蒲など…四季の花が楽しめる公園。またわいわい広場、アドベンチャーキッズ広場など親子で楽しめるスポットもあります。

（千葉県公式観光物産サイト「まるごとe！ちば」より）

初恋は、いつも小峰夕莉《こみねゆり》の近くにあった。大好きなひとは、そばにいた。手を伸ばせば届くところにあるのに——すぐそこにいるのに、手を伸ばす勇気がなかった。最初の一歩を踏み出すのは難しい。高校生になった今でも、自分の気持ちを伝えることができずにいた。ずっと、ずっと何も言えなかった。

好きという言葉をおぼえるより先に、吉川龍《よしかわりゅう》と出会った。近所に住んでいて、親同士が知り合いだったのだ。

同学年ということもあって、幼稚園に入る前から一緒に遊んでいた。小学校、中学校と、学校でも仲がよかった。夏になると海辺に行って、砂の城やトンネルを作ったことをおぼえている。

やがて高校生になると、子どものときみたいにトンネルを作って遊ぶことはなくなったけれど、学校の行き帰りに会えば話をした。同じ高校に通っていて、学校にいるときも、龍のほうから話しかけてくれる。

「なあ、夕莉」

そんなふうに下の名前で呼んだ。幼稚園に入る前から、お互いに下の名前で呼び合っている。

「何?」

「絆創膏、持ってない?」

顔を見ると、顎のあたりに軽い擦り傷ができていた。傷を作ったのは今日だけの話ではなく、龍はよく怪我をしていた。大怪我をしたことはないが、生傷が絶えなかった。

「貼ってきたんだけど、剝《は》がれちゃってさあ」

言い訳するみたいに続けた。夕莉はため息をついた。

「いつも剝がれているよ。こんなに毎日怪我しているんだから、絆創膏くらい持って来ようよ」

「おれもそう思う」

あまりにも真面目な顔で言うので、夕莉は笑ってしまった。高校生になっても、龍は龍だった。

「はい。絆創膏」

文句を言いながら、夕莉は差し出した。絆創膏を持ち歩いているのは、龍のためだった。

「お、悪いな」

サンキューと言いながら、絆創膏を受け取った。一瞬、手が触れたが、夕莉は何でもないことのように振る舞った。わざと軽口を叩《たた》いた。

「カツアゲされてるみたいだよ」

「冗談はやめてくれ」

龍が顔をしかめた。いかにも不本意そうだけれど、二人の外見からすると、あながち的外れでもなかった。

夕莉は小柄で、勉強のできる優等生タイプだ。童顔で、ときどき中学生と間違えられてしまう。

一方、龍は背が高くて筋肉があって、坊主頭で、目つきが鋭い。と、こんなふうに書くと不良みたいだけど、もちろん違う。喧嘩《けんか》なんかしないし、他人に迷惑をかけることもしない。お酒も飲まないし、タバコも絶対に吸わない。ちゃんと勉強もしている。

怪我してばかりいるのは、ボクシングジムに通っているからだった。小学校のときから木更津市のジムに行っている。プロボクサーを目指していた。

◯

きっかけは、夕莉の親が持っていた漫画を読んだことだった。双子の兄弟と、その幼馴染《おさななじ》みの少女を描いた作品だ。主人公がボクシングをやる場面を読んで、龍はジムに通うようになった。

「ねえ、プロになるの？　甲子園《こうしえん》に行くの？」

小学校低学年の夕莉は聞いた。今でもそうだが、スポーツは苦手で、頓珍漢《とんちんかん》なことを言ってしまう。ついでに言うと、漫画もあまり読まない。親がその漫画を持っていて、龍が興味を示したから読んだだけだ。このころから、小説や伝記、絵本のほうが好きだった。

龍も漫画は読まない。お小遣いをもらっているが、ほとんど買い食いとゲームに使ってしまう。最後までちゃんと漫画を読んだのは、これが初めてだったのかもしれない。親に言わせると、「超名作で、作者は天才」らしい。龍はその漫画の影響を受け、夕莉は引っ張られた感じだ。

「甲子園は野球。ボクシングに甲子園はないから。おまえ、『タッチ』の読みすぎ」

呆《あき》れた口調で言われた。自分だって、その漫画を読んでボクシングを始めたくせに、偉そうだ。

でも、腹は立たなかった。生意気な口を聞くのは、お互いさまだし、今さら怒るような距離感でもない。

「ふうん」

適当に聞き流し、また聞いた。

「じゃあプロになるの？」

「なれたら」

素っ気ない返事だったが、龍は真剣にボクシングをやっていた。休まずジムに通っている。大人たちに交じって練習しているらしい。だからだろう。コーチや先輩たちの影響を受けたらしく、しゃべり方が少しだけ、おっさんぽくなった。よく言えば大人びた。

一緒に遊ぶ時間が減ったのは寂しかったけれど、夕莉は龍を応援していた。甲子園に連れてって、と言いたかったが、もちろん言わない。また、『タッチ』の読みすぎだと言われてしまう。

学校で『タッチ』の話題が出たことはなく、なんとなく二人だけの秘密みたいな感じになった。


子どものころの思い出は、他にもある。例えば、龍がボクシングジムに通い始めた少しあとのことだ。

夕莉は塾に行っていた。少子化だからなのか、小学校低学年の生徒自体が少なく、塾で話す相手はいなかった。一緒に帰るような知り合いもいない。特別な授業とかで遅くなるときには親が迎えに来てくれるが、普段は塾から一人で帰っていた。歩いて十分くらいで家に着くということもあっただろう。そもそも明るい時間だと、親は家にいない。父も母も会社に行っている。

その日は夏期講習で、小学校低学年の授業は午前中で終わり、夕莉は塾を出た。やっぱり一人だった。もう慣れているし、寂しくもない。のんびりと歩いて帰るのは嫌いじゃなかった。

袖ケ浦は自然が豊かで、公園もたくさんある。家と塾の間にも、小さな公園があった。

昔は遊具があったみたいだけど、夕莉が物心つくころには撤去されていた。ボール遊びも禁止されているので、誰かがいることは稀《まれ》だった。ときどき、近所のおじいちゃんやおばあちゃんがベンチに座ってしゃべっているくらいだ。

このときは誰もいなかった。今にも雨が降りそうな天気だったこともあるのかもしれない。

塾を出たあと、急に分厚い雲が出てきた。授業中は青空が広がっていたのに、いつの間にか鈍色《にびいろ》の空になっていた。

「夕方まで大丈夫だって言ってたのに」

夕莉は文句をつけた。傘を持っていなかった。テレビの天気予報だと夕方までは雨の心配がないはずだったが、どうやら外れたみたいだ。

のんびりと歩いている場合ではなくなった。雨に降られる前に帰らなければ濡《ぬ》れてしまう。

「あんまりだ」

嘆いたのは、叱られるのが嫌だったからだ。

――だから言ったでしょ。

母の小言が聞こえてくるようだった。濡れて帰ったら、絶対にそう言われる。塾に行く前に、折りたたみ傘を持っていけと言われて、夕莉は無視した。荷物が増えるのが嫌だった。

「天気予報が悪いんだから」

自分は悪くない。悪いのはテレビだ。そう、テレビが悪い。お天気キャスターのお姉さんが悪い。番組を進行している男のひとが悪い。

そんなふうにぶつぶつ言いながら、夕莉は足早に歩いた。口に出して言っているのは、心細くなったからだ。明るい太陽が出ていれば平気だけど、今みたいに曇って暗いと、人通りのない道は少しだけ怖い。

そうして公園を通りすぎようとしたときだった。何の前触れもなく猫の鳴き声が聞こえた。

腕を引っ張られたみたいに足を止め、声のしたほうに視線を向けた。花壇のほうから聞こえた。

袖ケ浦市では、いろいろなところに向日葵《ひまわり》が植えられているが、この公園でも咲いていた。

その向日葵の陰に隠れるようにして、キジシロ柄の子猫がいた。すごく、ちっちゃかった。夕莉の手のひらに収まるくらい小さくて、まだ生まれたばかりみたいに見える。首輪もしていないし、周囲にひともいない。

捨て猫だ。そう思ったのは、花壇に段ボール箱が置いてあったからだ。靴箱くらいの大きさで、誰もが知っているネット通販企業のロゴが描かれている。この箱に入れられて捨てられたのだろう。

また、近くにある袖ケ浦公園からの連想だったのかもしれない。水と緑の豊かな自然景観に恵まれた市内最大の公園ではあるけれど、捨て猫が多いことでも有名だ。百匹以上の猫が園内に生息しているとも言われている。

動物愛護団体やボランティアが保護活動を行いつつ、去勢を実施しているが、いっこうに猫の数は減っていない。いまだに猫を捨てる人間がいるのだ。わざわざ遠くから捨てにくるひともいるらしい。

「みゃあ」

無責任な連中だ、本当に恥ずかしい、と父母は顔をしかめていた。夕莉も嫌な気持ちになった。怒りさえ感じた。家族そろって猫好きでもあった。飼ってはいないが、猫の本はたくさんある。

「みゃん」

子猫がまた鳴いた。くりくりとした大きな目で夕莉を見て、ぴょこぴょことしっぽを動かしている。遊んでほしいのかもしれない。

「なんで捨てるのよ」

夕莉は憤った。こんな小さい猫を捨てるなんて、あり得ない。殺そうとしているのも一緒だ。まともな人間のやることじゃない。腹が立って、子猫を捨てた人間を軽蔑《けいべつ》した。

けれど、その気持ちはすぐに萎《しぼ》んだ。怒っている余裕はなくなった。ぽつり、ぽつりと雨が降ってきたからだ。

「どうしよう……」

途方に暮れた声が出た。子猫をどうすればいいのかわからなかった。夕莉の家はマンションで、ペットは禁止されている。動物を飼うことはもちろん、建物内に持ち込むことも駄目だった。

両親に相談するにしても、父母は会社で仕事中だし、夕莉はそもそもスマホを持っていない。家に帰らなければ電話をすることも、パソコンからメールを送ることもできなかった。

だからと言って、雨まで降ってきた中、このまま放っておくことはできない。きっと死んでしまう。

キジシロ柄の子猫は痩《や》せていた。すごく痩せていた。ちゃんとごはんを食べさせてもらっていないのかもしれない。

考え込む夕莉をよそに、子猫は気楽そうだった。

「みゃあ」

ふたたび鳴くと、とことこと歩き出した。どこかへ行くのではなく、夕莉の足もとにやってきた。

そして、背中を擦《こす》りつけ始めた。自分のにおいを夕莉につけようとしているみたいだった。親密さや信頼関係を示す動作とも言われている。ますます放っておけなくなった。子猫に頼られているような気がした。

そうしている間にも雨粒は大きくなり、本格的に降り始めてきた。いくつもの水滴が、身体に落ちてきた。髪と顔を濡らし、洋服に水玉模様を作った。塾用のカバンやテキストまで濡れてしまいそうだったけれど、夕莉は公園から立ち去ろうとはしなかった。

「濡れちゃうよ」

雨から守るように子猫を抱き締めた。子猫は嫌がらない。でも、夕莉にできるのは、ここまでだった。

これ以上、どうすることもできずに雨に濡れていた。寒いのか、お腹が空《す》いているのか、子猫は小さく震えている。雨粒が、ときどき子猫の顔に当たる。

「みゃあ……」

夕莉の腕の中でまた鳴いたが、さっきより声が小さくなったように思えた。それに反比例するみたいに、雨粒がまた大きくなった。ざあざあ降りになりかけていた。洋服にできた水玉模様は、全部つながってしまった。

雨が冷たかった。

寒かった。

心細かった。

ずぶ濡れになり、気づいたときには涙があふれていた。子猫を抱いたまま、しゃがみ込んで、自分以外には誰もいない公園で泣いた。

「ごめんね」

キジシロ柄の子猫に謝った。子猫を捨てる人間がいることが悲しかった。子猫を助けることのできない自分が情けなかった。雨は冷たく、肌に張りついた洋服が気持ち悪い。

「みゃん」

返事をするように子猫が鳴いた。ごめんね。みゃん。ごめんね。みゃん。そんなやり取りを何度も繰り返した。夕莉が話しかけるたびに、子猫は返事をしてくれた。雨はやまない。いっこうにやみそうになかった。

何分か、もしかすると何十分かがすぎたとき、急に雨がやんだ。いや、やんだのではない。傘に遮られたのだった。誰かが傘を差し出してくれた。

「何、やってんの？」

頭の上から、不思議そうな声がした。しゃがんだ恰好《かっこう》のまま顔を上げると、龍が立っていた。

身体の大きな龍は、使っている傘も大きい。大人用の透明なビニール傘だ。夕莉と子猫が濡《ぬ》れないように、その傘を差し掛けてくれている。大粒の冷たい雨を防いでくれている。守ってくれていた。

「みゃあ」

夕莉の代わりみたいに、子猫が答えた。ありがとう、と言ったのかもしれない。すると、龍が返事をした。真面目な顔で子猫に声をかけた。

「にゃあ」

いつもの龍だった。いきなり話しかけられて、子猫のほうが戸惑っているように見える。

「みゃ？」

「にゃあ」

しつこく猫語で返事をしている。通じるわけがないのに、たぶん、龍は真面目にやっている。子猫が首を傾げると、龍も真似をした。

その様子がおかしかった。笑いそうになったけれど、その前に涙を拭《ぬぐ》った。同級生の幼馴染《おさななじ》みに泣いているところを見られるのは恥ずかしい。

けれど、涙は止まらない。拭っても拭っても、涙があふれてくる。泣き止むどころか嗚咽《おえつ》が込み上げてきて、我慢できなくなった。

声をあげて泣いてしまった。こんなところで泣いちゃいけないと思いながら、幼稚園児みたいに、わああ泣いた。

ほっとしたはずなのに、泣いてしまった。

龍の顔を見て笑いそうになったはずなのに、泣いてしまった。

ひとは永遠には泣き続けられない。何分もしないうちに涙は止まった。それまで龍は何も聞かずに、傘を差し掛けてくれていた。

そのおかげで夕莉と子猫は雨を避《よ》けられたけれど、龍の左肩は濡れていた。Tシャツが肌に張りついている。

雨が弱くなり、やがてやんだ。通り雨というのだろうか。あんなに降った雨が何かの冗談だったみたいに、青空が広がった。

向日葵《ひまわり》を見ると、花びらや葉に雨粒が残っていて、真夏の太陽の光を受けてキラキラと光っている。

ときどき、その水滴が光を残したまま、地面に落ちていく。子猫が入っていたらしき段ボール箱は、ぐっしょりと濡れていた。

「で、どうした？」

ビニール傘を畳んで、龍が聞いてきた。子猫は黙っている。

「あのね――」

夕莉は最初から説明した。天然ぽいところはあるが、龍はバカではない。塾には行っていないけれど、小学校のテストの点数はそんなに悪くない。段ボール箱を指差すと、すぐに事情を察したようだ。子猫の顔を見ながら、夕莉に質問する。

「そいつ、どうするつもり？　家で飼うん？」

「うち、マンションだから……」

また涙が込み上げてきた。何も解決していなかった。雨はやんだけれど、子猫の居場所は見つかっていない。

「そっか」

龍は頷《うなず》き、両手を差し出してきた。何のジェスチャーなのかわからなかった。夕莉は小首を傾《かたむ》けて聞き返した。

「え？」

「うち、一戸建てだから」

大人びた言葉を使った。でも、何の説明にもなっていなかった。ちなみに、龍の家は二階建てで庭がある。大きくはないが、小さくもない。庭の駐車場には、両親の自動車が並んでいる。

龍の親は会社員ではなく、夫婦でレストランを経営していた。そのお店は国道沿いにあって、ガイドブックに載るほど繁盛していた。だから、あまり家にいない。

「そういうわけで、猫を飼っても大丈夫なんだ」

勝手に決めている。飼うことができるとしても、この猫を飼ってもいいかはわからないだろうに。

「おじさんとかおばさんに相談しなくてもいいの？」

夕莉がおそるおそる聞くと、龍は胸を張るようにして答えた。

「うん。番犬がほしいって言ってたから平気」

「……この子、犬じゃなくて猫だよ」

とりあえず指摘した。二人の会話に聞き耳を立てるように、子猫の耳がぴくぴくと動いた。

「見ればわかる」

何やら威張っている。子猫を指差し、龍が断言した。

「番猫《ばんねこ》にする」

「番猫って……」

おうむ返しに呟《つぶや》いたが、続きの言葉が出てこない。そんなふうに言われるとは思わなかった。返事に困って黙っていると、龍が夕莉の顔をのぞき込むようにして聞いてきた。

「駄目？」

番犬の働きを猫に期待するのは無理がある。ましてや、生まれたばかりの子猫なのだ。防犯の役には立つはずがない。

そんなの、当たり前だ。龍だって、たぶんだけど、わかっているだろう。困っている自分を助けようとして言っているのだ。子猫を引き受けようとしてくれている。いくら夕莉が鈍くても、それくらいはわかる。

「駄目……じゃないけど……」

ありがとう。そうお礼を言おうとしたけれど、龍に遮られた。

「じゃあ決まり。今日から、おまえはうちの番猫だ。たくさん食べて大きくなること から始めるから」

夕莉にではなく、子猫に話しかけている。

「わかった？」

念を押すように聞いた。子猫は不思議そうに夕莉を見て、そのあと、龍に顔を向けた。それから、返事をするみたいに短く鳴いた。

「みゃ」


その翌日、夕莉は龍の家に子猫を見に行った。レストランは定休日で、龍のお父さんとお母さんも家にいた。

幼稚園に入る前から遊びに来ているので、他人の家とは思えない。龍のお父さんとお母さん――おじさんとおばさんとも、普通にしゃべることができる。いつ来ても歓迎してくれる。このときも、いらっしゃいと居間に案内され、ジュースとお菓子を出してくれた。

子猫は、すっかり馴染《なじ》んでいた。おじさんやおばさんにも可愛がられているみたいだ。ときどき構われながら、我が物顔で居間を歩き回っている。

よかった。

本当によかった。子猫は幸せそうな顔をしている。夕莉をおぼえていたのか、みゃあと挨拶《あいさつ》してくれた。

「ミミって名前にしたから」

龍がいきなり言った。こっちは挨拶もしない。昨日、動物病院にも連れて行った、と続けた。子猫は、男の子だったようだ。

「なんでミミにしたの？」

夕莉は聞いてみた。予想外の可愛らしい名前だったからだ。番猫にすると言っていたのに、それっぽくもない。龍のことだから、虎王《こおう》とかライオン丸《まる》みたいな強そうな名前をつけると思っていた。それとも、ミミという名前のプロボクサーがいるのだろうか？

考え込んでいると、キジシロ柄の子猫――ミミが歩み寄ってきた。そして、夕莉の隣にちょこんと座った。そしてそれが合図だったみたいに、龍が返事をした。

「拾ったの夕莉だから」

「はい？」

思わず聞き返した。だって、意味がわからない。ミミという可愛らしい名前と自分に、何の関係があるのかわからなかった。

「うん。そういうこと」

龍はそれ以上の説明をしないで、話を切り上げようとしている。目の前に置かれたジュースを飲み始めた。

「ええと……？」

夕莉は小首を傾けた。すると、それを見ていたミミが真似をするように、頭を斜めにした。それから不思議そうに鳴いた。

「みゃん……？」

物真似されている気持ちになった。子猫は夕莉に似ていた。どことなく、仕草や声のトーンが似ていた。

「それじゃあ、わからないわよ」

おばさんが吹き出しながら口を挟んだ。子猫の名前の由来——ミミと名付けた理由を知っているみたいだった。

でも、どうして笑っているのかはわからない。おばさんの隣では、おじさんも笑っている。

「ちゃんと言ったほうがいいぞ」

龍をからかうような口調だった。居間にいる全員が、龍を見ている。ミミまでが問うような顔をしていた。

面倒くさそうにジュースを置き、龍がようやく言った。

「だからさ、おまえの誕生日」

わからないひとには、わからない説明だろうけど、夕莉はそれだけでわかった。驚いて黙っていると、龍が念を押すように言葉を加えた。

「おまえ、ひな祭りに生まれたんだよな」

「……うん」

小さく頷《うなず》いた。三月三日。三三。つまり、ミミだ。夕莉の誕生日にちなんだ名前だった。

「いいの？」

そう聞くと、今度は、龍が不思議そうな顔になった。

「何が？」

「だって、龍のうちの猫なのに」

申し訳ないような気持ちになったのだ。これじゃあ、まるで夕莉の猫みたいだ。横を見ると、おじさんとおばさんが微笑んでいる。なぜか、龍はそっぽを向いて返事をした。

「いいんじゃね。ミミも気に入っているみたいだし」

「みゃん」

キジシロ柄の子猫が真面目な顔で鳴いた。夕莉は、ありがとうと呟いた。瞼《まぶた》の裏側が熱くなりそうで困った。

○

龍にチョコレートをあげようと決めたのは、高校一年生の二月のことだ。ようやく決心した。やっと決心した。

正直に言えば、龍にチョコレートをあげようと思ったのは、初めてのことではなかった。高校生になる前も、小学生のころから何度も――それこそ毎年のように龍にあげようと思っていた。

考えるだけで実行しなかったのは、やっぱり恥ずかしかったからだ。どんな顔をして渡せばいいのかわからない。受け取ってもらえなかったときのことを想像すると、泣きたくなる。まだ何もしていないのに、逃げ出したくなる。

幼馴染《おさななじ》みとして、あるいは仲のいい友達として、気軽にあげればいいのかもしれないけど、友達としてチョコレートをあげたいわけじゃなかった。どうしようもなく龍のことが好きだった。

小学生のころから、二人の距離感はあまり変わっていない。公園で子猫を拾ってから十年くらい経つけど、あのころのままだ。ときどき、龍の家にも顔を出す。お互いの家を行き来していた。

ちなみに、ミミも小さいままだった。たくさん食べても、あまり大きくならなかった。

「番猫にならなかったね」

「でも、家ではいちばん強い」

誇らしげに龍が言った。おじさんもおばさんも、そして、龍もミミには逆らえないみたいだ。

龍に好きだと言わなかったのは、この居心地のいい関係を壊したくなかったからなのかもしれない。

気持ちを口にしてしまえば、何かが変わってしまう。二度と話せなくなってしまう可能性だって、ないとは言えない。

それにもかかわらず、今ごろになってチョコレートをあげようと思ったのは、もうすぐ別々になってしまうからだ。

夕莉は国立大学の医学部を目指している。千葉《ちば》市にあるので、合格できれば家から通うことになるだろう。

一方、龍は東京の大学に行くつもりのようだ。その大学には、ボクシング部があって、寮に入ると言っていた。

「プロボクサーになって、世界チャンピオンになる」

はっきりと宣言していた。医学部は難しいけど、龍の目標はもっと難しい。漫画みたいな夢だけど、龍は本気で目指している。

応援しなければいけないのに、最初に感じたのは寂しさだった。龍が、袖ケ浦市からいなくなってしまう。そのことがショックだった。すごくショックだった。

千葉と東京は近いけれど、今みたいに気軽に会うことはできなくなる。ましてや、二人は恋人同士ではないのだから。ただの幼馴染みなのだから。このまま進む道が分かれて、二度と会えなくても不思議はない。

夕莉と龍の通っている高校は、二年生から文系と理系のクラスに分かれる。それに加えて、春休みから医学部受験コースのある予備校に行くつもりでいた。勉強も忙しくなる。ボクシングの試合の応援に行けるかもわからなかった。

それに加えて、不安もあった。高校生になって、龍はモテるようになった。中学校のころは怖がられていたが、最近は女子に囲まれている。

身長がまた伸びて、身体が引き締まっているからという理由もあるだろうけれど、スポーツに打ち込んでいる男子は人気がある。龍に告白をしようとしているクラスメートもいた。

「わたしのほうが先に好きになったのに」

誰もいない部屋で口を尖《とが》らせたが、恋人になるのは早い者勝ちではない。それくらいのことは、わかっている。気持ちを伝えてさえいない夕莉は、勝ち負けの土俵にさえ立っていない。

神社に行って、信じてもいない神さまに手を合わせた。縁結びの神さまではないので、恋人同士になれますように、とは願わなかった。

チョコレートを渡すことができますように。

好きです、と龍に伝えられますように。

それが夕莉の願いだった。

勇気が出ますように、と神さまに頼んだ。それから手を合わせて、お賽銭《さいせん》をした。奮発して五百円玉を入れた。

もうチョコレートは用意してある。本当は手作りチョコをあげたかったけど、上手にできなかったからデパートに行って買ってきた。びっくりするくらい高かった。お洒落《しゃれ》にラッピングをしてもらった。

「大丈夫だよね。ちゃんと渡せるよね。好きだって言えるよね」

自分に言い聞かせるように呟《つぶや》くと、顔が真っ赤になった。

お父さんとお母さんが好きな昔のラブソングの歌詞みたいに、二つの願いは一つしか叶《かな》わなかった。

チョコレートを渡すことはできた。学校が終わったあと、龍の家のそばまで行って渡した。渡したいものがある、と前日にＬＩＮＥで伝えておいた。バレンタインに行くと言ったのだから、バレバレだっただろう。

そんなことも考えられないくらい、夕莉はドキドキしていた。不意打ちで渡すつもりでいた。受け取ってもらえたら、その場で告白しようとしていた。ロマンティックな台詞《せりふ》を言いたかった。

けれど、龍の顔を見たとたん、考えていたのと違う言葉が口を衝《つ》いて出た。いつもの調子で言ってしまった。

「これ、あげるから」

夕莉はチョコレートを突き出した。勢いがよすぎて、剣道の突きみたいになった。龍がのけぞった。体勢を崩して転びかけている。

まるでコントだ。ロマンティックの欠片《かけら》もない。でも、こんなだけど照れくさかったんだと思う。ダメ押しのように、余計な言葉を言ってしまった。

「お腹、空《す》いてるでしょう」

これじゃあ、犬とか猫にごはんをあげるみたいだ。頭を抱えたくなったが、龍は素直に頷いた。

「うん」

そして、胸元に突きつけられるようになっていたチョコレートを手に取った。ちゃんともらってくれた。

「サンキュー」

軽い調子でお礼を言われた。計画とは違っていたけれど、とりあえず渡すことはできた。がっかりしながらも、ほっとしていた。一仕事を終えた気分だった。

「ミミと会ってく？」

龍に誘われたが、夕莉は断った。

「ううん。今日はいい。勉強しなくちゃだし」

龍の両親は、おそらく家にいない。龍と二人きりになれる。告白するチャンスだとわかってはいたけれど、夕莉は疲れ果てていた。バレンタインのチョコレートを渡しただけで、いっぱいいっぱいだった。

学校が終わってから来たこともあって、夕日が沈みかけている。冬は日が短い。一時間もしないうちに暗くなるだろう。

早く帰ったほうがいい。親が心配する。でも、それも言い訳だ。自分が根性なしだということは、わかっている。

「じゃあ帰る……」

肩をすくめて、龍に背中を向けた。なんとなく負けた気持ちで、とぼとぼと歩き始めた。夕莉の家は、すぐ近くにある。逃げ出すような気持ちで、
だが何歩か歩いたところで、呼び止められた。

「夕莉」

龍の声だ。その声に引っ張られるように振り返ると、夕日の中に彼が立っていた。逆光みたいになっているせいで、龍がどんな顔をしているのか見えなかった。シルエットが、こっちを見ている。

返事をしようと口を開きかけたが、それを遮るように、身長の高いシルエットが言葉を続けた。

「甲子園に連れてってやるからな」

彼は言った。はっきり、そう言った。いつもいい加減な龍に不似合いな強い口調だった。

けれど、意味がわからない。いきなり何の話を始めたのか、夕莉にはわからなかった。

「何それ？」

「約束」

龍が言葉少なに答えた。一瞬、彼が笑ったような気がしたけれど、やっぱり逆光のせいでよく見えない。

もう一度聞き返そうとしたが、龍のシルエットが背中を向けた。そして、自分の家へと入っていこうとする。

「じゃあ、またな」

振り返りもせずに、手を振ってくれた。

「う……うん」

夕莉は答えた。変な龍だと思いながら言葉を返した。これが、最後の会話になるとも思わずに。

ホワイトデーにお返しをもらえたら告白しよう。龍に自分の気持ちを伝えよう。好きです、と伝えよう。

夕莉はふたたび決心した。告白することを先延ばしにしているような気もするけれど、今度こそ、本当に気持ちを伝えるつもりでいた。

「……ホワイトデーにもらえたらだけど」

早くもヘタレている。夕莉は、自分の部屋で遠い目をしていた。いつにも増して自信がないのは、龍がたくさんチョコレートをもらったと聞いたからだ。

親同士が仲がいいと、知りたくない情報まで入ってくる。学校の女子からだけでなく、ボクシングジムに通っている女性からももらったみたいだ。大学生や会社員からもチョコレートをもらっていた。その中には、雑誌モデルをやっているひともいるらしい。

「いつからそんなにチャラくなったのよ」

チョコレートをもらっただけで、何をしたわけでもない龍に文句を言った。夕莉は、ただの幼馴染《おさななじ》みだ。龍が何をしようと文句を言う立場ではない。わかっていたけど、言いたかった。

「わたしというものがありながら」

バカな台詞を言ってしまった。勝手に言っておいて空しくなった。今どき少女漫画だって、こんな芝居がかった台詞を口にするキャラは出てこない。そもそも、この台詞はフラれる前振りだ。

「どうせ、ホワイトデーのお返しなんかもらえないんだから」

夕莉はやさぐれた。龍のことだ。夕莉からチョコレートをもらったこと自体を忘れていても不思議ではない。ホワイトデーの前に誕生日が来るが、それだっておぼえているか怪しい。

龍は、夕莉の誕生日を祝ってくれなかった。ホワイトデーのお返しももらえなかった。夕莉だけではなく、全員がもらえなかった。

龍が死んでしまったから。

あの世に行ってしまったから。

夕莉の思いは、伝わらないまま終わった。片思いのまま終わった。甲子園に連れてってくれるという約束は守られなかった。

○

三月二日。夕莉の誕生日の一日前のことだ。

その日、龍はいつものようにボクシングの練習にジムに行った。日が落ちるまで身体を動かし、袖ケ浦駅に帰ってきた。

龍の家は、駅から歩いて二十分くらいの場所にある。普段は自転車を使っているが、朝から雨が降っていたので歩いた。しとしとと冷たい雨が降っていた。三月と言っても、こんな天気の夜は肌寒い。

袖ケ浦市は比較的新しい町で、安全性を重視した都市計画に基づいて作られているけれど、暗い道は存在する。雨が降っているせいもあって、視界が悪かった。

透明なビニール傘を差して、帰り道を歩いた。自動車の通りは少なく、龍の他に通行人はいなかった。

「……腹、減ったな」

と、独り言を呟《つぶや》いた。いつものことだが、家に着くまで我慢できそうにない。コンビニにでも寄ろうか、と角を曲がったときだ。

人影が前を歩いていた。お年寄りだ。何歳かはわからないけれど、おばあちゃんに見えた。高齢者が道を歩いているのは珍しくないが、この雨の中、傘も差していないのはおかしい。歩き方もよたよたしていて頼りなかった。そのくせ車道の真ん中を歩いている。

行方不明者の防災行政無線を毎日のように聞いているから、夜間徘徊《はいかい》という言葉を知っていた。どこに連絡すればいいのかわからなかったが、放っておくことはできない。とりあえず声をかけようとした。そのときだ。

前方から自動車が走ってきた。ものすごいスピードを出している。あとでわかったことだが、その自動車の運転手も八十歳を超えた高齢者で、認知症の疑いがあったという。

その自動車が、ボーリングのボールがピンを倒そうとしているみたいに、おばあちゃんに向かっていく。

「危ないっ！」

龍は叫びながら、車道に飛び出した。おばあちゃんを助けようとしたのだった。けれど、自動車が予想外の動きをした。

急ハンドルを切ったらしく、突然曲がり、龍を撥《は》ね飛ばした。ブレーキを踏むこともせず龍にぶつかった。

透明のビニール傘が空に舞い、遠くの歩道に落ちた。龍の身体が、糸の切れた操り人形のように道路に転がった。

誰かが救急車を呼んでくれたけれど、もう間に合わなかった。龍は即死だった。内臓が破裂して、身体中の骨が折れていた。

龍が助けようとしたおばあちゃんは無傷だった。龍を轢《ひ》いた自動車を運転していた高齢者も無傷だった。

そして、雨はやまなかった。

◯

嘘だと思った。

その日のうちに、龍が事故に遭ったことを両親から聞いたけれど、夕莉は信じなかった。龍を含めた全員が――お父さんもお母さんも、おじさんもおばさんも、ニュースまでもが、自分をからかっているんだと思った。

エープリルフールにはまだ早いのに、夕莉を騙《だま》そうとしているんだと思った。こんなの、嘘に決まっている。

だって、信じられない。あんなに元気だった龍が、十六歳で死んでしまうなんて信じられない。絶対に信じられない。下手な嘘だ。趣味の悪い嘘だ。嘘だ。嘘だ。嘘だ……。

けれど、夕莉の誕生日になっても、三月三日をすぎても、誰も嘘だと言ってくれない。

葬式が終わった。龍は骨になってしまった。夕莉は、身体中の空気が抜けたみたいになった。

力が入らない。

何も考えることができない。

そのくせ、涙はぽろぽろと流れ落ちていく。葬式の間も、火葬場でも、ずっと泣いていた。そんなことしかできない。

龍が死んでから、学校に行けなくなった。食欲もないし、夜もよく眠れない。この世の全部が、滲《にじ》んで歪《ゆが》んで見える。自分の部屋から出ることができなかった。両親は何も言わない。言うべき言葉がないのだろう。

「……早く帰ってきて」

誰もいない部屋で呟いた。独りぼっちで、死んでしまった幼馴染みに問いかけた。

龍を責めるように言った。

「……甲子園に連れてってくれるんでしょ？」

返事はなかった。龍の声は聞こえない。夕莉が生きているかぎり聞こえない。夕莉は声を立てて泣いた。

一度だけマンションの外に出たことがあった。龍が死んだ場所に手を合わせに行ったのだ。

龍の両親——おじさんとおばさん、夕莉の両親も一緒だったと思うけれど、あまりおぼえていない。龍が死んでから、記憶は霞《かすみ》がかっている。

天気のいい日だった。近くにコンビニがあって、見通しの悪い道路ではない。交通事故が起こるような場所には見えなかった。

「こんなところで事故に遭うなんて……」

誰かが呟いた。おじさんかおばさんか、夕莉の両親のうちの誰かだろう。龍の死を受け入れられずにいるのは、自分だけではなかった。

この道を通らなければ、歩いて帰らなければ、夜間徘徊の高齢者に会わなければ、自動車の運転手がちゃんとしていれば、龍は死なずに済んだ。運命の歯車に巻き込まれずに済んだ。

夕莉は、泣きながら手を合わせた。冥福《めいふく》を祈ったのではなく、帰ってきてと龍に頼んだ。

○

もうすぐ春休みになる。龍のいない春休みがやって来る。

予備校の春期講習を申し込んであったけれど、どうでもよくなっていた。勉強もしていない。これからのことを——未来を考えられず、過ぎ去った出来事ばかりを思い出していた。

「龍くんの分までがんばらないとね」

葬式のとき、近所のよく知らないおばさんに言われた。普段はまともに話したこともなかったのに、わざわざ夕莉のそばまでやって来てそう言った。

腹は立たなかった。無神経なひとはどこにでもいるし、本人は善意で言っているのだ。いいことを言ったつもりでいるのだ。幼馴染《おさななじ》みを失った夕莉を慰めたつもりでいるのだ。気の利いた言葉を言ったつもりでいるのだ。

返事をしなかった。夕莉が何も言わずに黙っていると、よく知らないおばさんは、どこかへ行ってしまった。あるいは、龍の両親に同じ言葉を言いに行ったのかもしれない。

「……がんばれないよ」

マンションの自分の部屋で、今ごろになって返事をした。がんばって勉強しても、がんばった先に龍はいない。医学部に行こうと思ったのは、怪我ばかりする龍の助けになりたかったからだ。

恋人同士でもないくせに、告白さえできなかったくせに、心のどこかで、ずっと一緒にいると思っていた。

でも、龍は死んでしまった。この世から消えてしまった。龍と一緒に過ごした日々が、幸せな夢に過ぎなかったとでもいうように、どこかへ行ってしまった。夕莉の未来に、もう彼はいない。

龍のいるところに行きたかった。

龍に会いたい。

龍のそばに行かなくちゃ。

そんな声が聞こえた。頭の中で、何度も何度も言っている。それは、自分の声だった。

「そうだね……。行かなくちゃだね……」

夕莉は立ち上がり、ふらふらと家を出ていこうと玄関に向かった。両親は仕事に行っている。まだ午後になったばかりで、しばらく帰って来ないだろう。マンションには、自分しかいなかった。

落ち込んでいる夕莉を心配して何日かは会社を休んでいたが、ずっと休むのは無理だ。父母は、後ろ髪を引かれるように仕事に行った。玄関から出ていく直前まで、夕莉を心配していた。

大丈夫だから。そんな言葉を親に言った記憶もある。親を安心させたくて、たぶん言った。一人になりたくて、そう言った。夕莉にも、行かなければいけない場所があった。

「……大丈夫だから」

誰もいない玄関先で繰り返した。意味もなく呟《つぶや》いた。何が大丈夫なのか自分でもわからない。

夕莉の頭に浮かんでいたのは、龍が事故に遭った道路だった。そこに行こうと思った。そこに行って——。

そのとき、かたんと音が鳴った。ポストに何かが入った音だった。郵便が来たのだろうか。建売住宅やヨガ教室とかのチラシが投函《とうかん》されたのかもしれない。無視してもよかったが、なぜか気になった。何かの予感があったわけではなく、ただ単に気になった。

「何だろう……」

首を傾げながらポストを開けると、お洒落《しやれ》な感じの黒い封筒が入っていた。ラベルが貼られていて、夕莉の名前が書いてある。夕莉宛ての手紙だった。

自分の名前が書かれたラベルの下のほうに、銀色のフォントで差出人と猫のシルエットが印刷されていた。

「くろねこカフェ」

その文字を読み、夕莉はさらに首を傾げる。その店のことは知っているけれど、手紙が来る理由はわからない。思い当たる節がなかった。

「ダイレクトメールかなあ……?」

さらに首を傾げた。個人経営の小さなカフェがダイレクトメールを、それも自分宛てに送ってくるだろうか。

「開けてみるか」

独り言を言って封を切り、中身を引っ張り出した。黒猫のイラストが描かれた可愛らしいカードと便箋《びんせん》が入っていた。

最初にそのカードを読んで、夕莉は目を丸くした。問うように呟く。

「……何、これ？」

驚きすぎて、声が掠《かす》れた。彼の名前があったからだ。しかも、手書きだった。名前だけではなく、こんな文章が書かれていた。

小峰夕莉さま

このたび、くろねこカフェでお茶会を開催することになりました。
お忙しいとは存じますが、お時間を割いていただければ幸いです。
なお、お茶会にはくろねこのおやつをご用意して、心よりお待ちしております。

吉川龍

龍の名前があった。

だけど龍の字じゃない。上手《うま》すぎるし、字が細すぎる。明らかに、大人の筆跡だった。女のひとが書いたように見えた。

「いたずら？」

声に出して言ってみたが、ぴんと来ない。こんな趣味の悪い真似をしそうな大人は知り合いにいない。

招待状だということはわかるし、くろねこカフェは知っているけれど、わからない言葉もあった。

——くろねこのおやつ。

聞いたことがない。お茶会って何だろう？　なぜ、自分がそこに招待されたのだろう？

いくつもの疑問を思い浮かべながら、カードと一緒に封筒に入っていた便箋に視線を落とした。「生前契約」の文字があって、それがどんなものなのかの説明が書いてあった。

自分が死んだあとに、家族や大切な友人におやつを振る舞うお茶会を予約することができて、夕莉はそこに招待されたようだ。すると、この招待状が送られてきたのは、龍の意志だということになる。

「あり得ない」

顔を上げて呟いた。怒っているみたいな強い言葉が出た。絶対に、あり得ない。そう断言できる。龍の死は、本人でさえ予想できなかったはずだ。

自分たち高校生にとって、死は遙か未来にあるものだ。漫画とか小説、ドラマの出来事と変わりがないのだから、生前予約なんてするわけがなかった。思い浮かびすらしないだろう。

何かが、おかしい。

何もかもが、おかしい。

さっき思ったみたいに、いたずらだとしても手が込みすぎているし、悪意を感じなかった。騙《だま》そうとしている雰囲気がないのだ。

お父さんかお母さんに相談したほうがいいのだろうけれど、電話をして仕事の邪魔をしてしまうのも嫌だった。

龍の事故現場に行こうとしていたことは、夕莉の頭から消えていた。お洒落な黒い封筒を——お茶会に招待されたことを持てあましていた。

「意味わかんないから」

そう呟き、ふたたび便箋に目を落とした。そして、今日何度目かになる驚きの言葉を口にした。

「今日……？」

龍の名前に気を取られて、招待されたお茶会の日時を見落としていた。今日の午後三時と書いてあった。スマホで時刻を確認すると、あと二時間もなかった。いきなりすぎる。

ふと思いついて改めて封筒を見ると、切手が貼ってなかった。直接、マンションのポストに入れたということだ。郵便局員ではない誰かが、この家まで持って来たということだ。

気持ちが悪いと思ってもいいところだが、夕莉は戸惑うばかりだった。恐怖を感じなかったのは、まだ明るい時間だったこともあるだろうし、くろねこカフェに何度か行ったことがあったからだろう。龍が事故に遭う何日か前にも、両親と一緒に行って、スイーツを食べた。

夕莉の両親は、くろねこカフェが『海のそばの喫茶店』だったころからの常連らしい。毎年、お店から年賀状も届く。

そのことを差し引いても、地元では有名なカフェだった。葬儀会社——メモリアルホール谷中と関係があることは、このあたりの住人なら誰でも知っている。両親が葬儀会社とカフェを経営していたが、交通事故で死んでしまった。その後、きょうだいが跡を継いだのだった。

メモリアルホール谷中を継いだのは妹の風花さんのほうで、龍の葬式のときに会っている。明るくて感情豊かなひとだ。龍の葬式で、夕莉と一緒に泣いてくれた。火葬場では肩を抱いてくれた。

それから、兄のほうの名前も知っていた。両親とくろねこカフェに行ったときに、わざわざ自己紹介をしてくれた。

谷中景。

景さんだ。

真面目で取っつきにくい感じはあるけれど、かなりのイケメンだ。お母さん情報だと、ファンも多いらしい。

夕莉と同じ地元に住んでいるのだから当たり前だが、カフェ以外の場所でも景さんを見かける。

例えば、風邪を引いて病院に行ったときに、たまたま会った。夕莉に気がつくと、丁寧に挨拶《あいさつ》してくれた。風花さんみたいに元気なタイプではないけど、悪いひとではないような気がする。悪い印象はなかった。少なくとも、趣味の悪いいたずらをするタイプではない。

「行ってみようかな」

思ってもみなかったことを呟《つぶや》いた。行くつもりなんてなかったのに、声に出して言うと、行ったほうがいいように思えてきた。

龍が生前予約をするわけがないとは思うものの、名前を見てしまった以上は無視できないということもある。事情を知りたかった。誰がこんな真似をしたのか知りたかった。

靴を履き、届いたばかりの招待状を持ってマンションから出た。外は晴れていて、雲一つない青空が広がっている。

夕莉は空を見上げ、小さくため息をついた。龍が死んでも、世界は終わっていなかった。

招待状には地図がついていたが、それを見なくても場所はわかる。くろねこカフェは海辺にあって、砂浜を通り抜けた先にある。他の行き方もあるけれど、海に沿って歩いていくのが一番早い。

夕莉は砂浜を踏みながら、ゆっくりと歩いた。景色が目に飛び込んでくる。袖ケ浦の海は、穏やかで美しい青色をしていた。

海岸に目をやれば、波に揺れるヨットや船が点在し、遠くには東京湾アクアラインが延びている。晴れているおかげで、富士山《ふじさん》や東京スカイツリーが見える。

砂浜にひとはいなかったけれど、誰かが遊んでいたらしく、砂のトンネルが作られていた。風が吹くたびに少しずつ崩れていく。形がなくなっていく。この世から消えていく。

春の太陽は心地いい。夕莉は立ち止まって、青空を見上げた。瞼《まぶた》を閉じると、世界が赤く見える。そして、じんわりと暖かい。幼い子どもだったころも、こんなふうにしていた。海辺で目を閉じるのが好きだった。

そんな自分の隣には、龍がいた。いつも龍がいた。大発見をしたみたいな気持ちになり、龍に自慢したこともある。そのときと同じように言ってみた。もう高校生なのに言ってみた。

「目をつむっても暗くならないんだよ」

すると記憶の中の龍が目を閉じた。夕莉の真似をしている。だけど、ぴんと来なかったらしい。すぐに目を開けて、話を変えるように言った。

——そんなことより、腹減らね？

龍の口癖みたいなものだった。その記憶が、龍の声が、口を尖らした表情が、夕莉の脳裏に鮮やかによみがえり、ふたたび歩き出すことができなくなった。足が砂浜に埋まってしまったみたいになって、このまま泣いてしまいそうだ。ここから一歩も動きたくなかった。

立っていられなくなって、思わずしゃがみ込んだとき、ふいに猫の鳴き声が聞こえた。

「にゃあ」

見たことのない黒猫が、崩れかけた砂のトンネルの向こう側に立っていた。赤い首輪をして、夕莉のことを見ている。

砂浜にいたのは、黒猫だけではなかった。黒猫の鳴き声を追いかけるように、別の猫の鳴き声が聞こえた。

「みゃあ」

黒猫の背後から、キジシロ柄の子猫が現れた。見覚えのある猫だった。まさかと思いながら、夕莉は声をかける。名前を呼んでみる。

「ミミ？　ミミなの？」

公園で拾った子猫にそっくりだったのだ。龍が死んだあとも、ミミは彼の家で可愛がられている。外に出すことはなく、ましてや、こんな遠くに来るはずがない。別の猫に決まっているけれど、夕莉の目には、ミミにしか見えなかった。

「みゃん」

キジシロ柄の子猫が、返事をするように鳴いた。夕莉の質問に頷《うなず》いたように見えた。自分はミミだ、と言っているように思えた。

夕莉は立ち上がり、ミミに近づこうとした。けれど、そばに行くことはできなかった。

「にゃあ」

「みゃあ」

黒猫とミミが言葉を交わすように鳴き、夕莉の視界から消えていった。隠れる場所など、どこにもないのに煙みたいに消えてしまった。耳を澄ましても、鳴き声も聞こえない。

夢か幻でも見たのだろうか？

そう思いながら黒猫とミミがいたところまで歩いて、砂浜を見ると、二つの小さな足跡が残っていた。

「……どこに行ったんだろう？」

誰に聞くともなく呟いたときだ。今度は、とんびの鳴き声が聞こえた。

「ピーヒョロロロ……」

顔を上げても、どこにもいない。鳥は飛んでいなかった。ただ、その代わりのように、古民家風のカフェが目に飛び込んできた。くろねこカフェだ。

前に来たときと、建物は変わっていなかったが、見慣れないものがあった。黒猫の形をした看板みたいなものが、入り口のドアにかけてある。夕莉は歩み寄り、それを見た。

黒猫の形をしたプレートには、こんなふうに書いてあった。

くろねこカフェ
本日は貸し切りです。

「貸し切りって……」

まさか、お茶会のために貸し切りにしたのか。そんな文句は招待状に書かれていなかった。

様子をうかがうように顔を近づけたけれど、お店の中は静まり返っていた。誰がいるのかも、何をやっているのかもわからない。窓側に回れば見えるのかもしれないが、のぞきみたいになってしまう。

自分が入っていいのかもわからなかったが、入り口の前で立っているわけにもいかない。躊躇《ためら》いながら、夕莉は扉を開けてみた。

りりん、と風鈴みたいな音が鳴った。呼び鈴と言うのだろうか。来客を知らせるベルのようなものが、ドアについている。

すみません、と言いかけて口を閉じた。声をかける必要はなかった。景さんが、入り口のそばに立っていた。そして、夕莉を見るなり、丁寧にお辞儀をした。

「いらっしゃいませ。お待ちしておりました」

親と一緒に来たときより丁寧だった。今日の景さんは、少女漫画に出てくる有能でイケメンな執事みたいだ。服装もかっこいい。いつものように黒一色で決めている。エプロンもダークカラーで、お洒落《しゃれ》だ。イラストやお店の名前が書かれていないのも、センスがいい。細身の身体によく似合っている。少し痩《や》せたみたいだけど、たぶん気のせいだ。

くろねこカフェという名前だから、そう感じるのかもしれないけど、景さんはどことなく黒猫っぽい。それは、顔立ちだけの話ではない。クールで、いつも堂々としていて、どことなく気まぐれそうにもみえる。

その景さんが、夕莉を出迎えてくれた。

「ええと……。あの……、招待状が届いて」

緊張しながら事情を説明しようとしたが、最後まで話す必要はなかった。景さんが小さく頷き、こんなふうに言った。

「ええ。先ほどお届けしました。ご覧いただけてよかったです」

景さん自身が、夕莉のマンションまで封筒を持ってきたのだった。あのとき、ドアの向こう側に景さんがいたということだ。

「わざわざ持って来たんですか？」

ほんの少しだけ責めるような口調になった。いくらイケメンでも、家の近くまで来るのはやりすぎに思えた。まるでストーカーだとも思った。

けれど、景さんは非常識なひとではなかった。もちろん、ストーカーでもなかった

「本日のことは、ご両親にもお話ししてあります」

「えっ？　うちの親に？」

驚きすぎて、友達と話すような口調になってしまった。景さんは気にした様子もなく、言葉を続ける。

「ええ。ご承諾いただきました」

何も聞いていなかった。信じられないが、景さんが嘘をついているとは思えない。

夕莉は、頭に浮かんだ疑問を口にする。

「うちの親も、ここに来るんですか？」

お父さんかお母さんがお茶会の予約を取った、と思ったのだ。招待状をマンションに直接持って来たり、龍の名前を使ったりした理由はわからないけれど、この状況は他に説明できない。だが、景さんは首を横に振った。

「いえ。小峰さまはいらっしゃいません」

「来ないんですか？」

「はい」

「ええと……」

言葉が続かなかった。質問をすれば、景さんは答えてくれそうな気がするが、わからないことだらけすぎて、何を聞けばいいのかわからない。頭の中が混乱していて、考えがまとまらない。

そんな夕莉を意に介さず、景さんは話を進めた。

「お席にご案内いたします」

それから、お店の入り口のドアを大きく開けて、アニメの登場人物みたいな気取った口調で言った。

「くろねこカフェのお茶会へようこそ」

景さんに促されるまま、夕莉はくろねこカフェに入った。ドアの向こうに通路はなく、すぐお店になっている。

それほど広くない店内には、誰もいなかった。静まり返っているけれど、甘いにおいが漂っている。お菓子を作っていたのかもしれない。

壁には、黒猫のデザインの掛け時計があって、午後三時になろうとしていた。もうすぐ招待状に書いてあった時刻だ。状況を摑《つか》めないままだが、とりあえず遅刻せずに済んだようだ。

「こちらの席へどうぞ」

と、窓際の席に案内された。ありがとうございます。お礼を言って、夕莉は椅子に座った。

テーブルは四人がけで、ゆったりとしていた。一人で使うのが申し訳ないくらい大きかった。いつも行っているファストフード店やフードコートとは違う。スタバとも違う。

海と砂浜が窓の向こう側にあって、前を通ってきた砂のトンネルが見えた。崩れかけてはいるけれど、まだトンネルの形をしていた。ただ、黒猫とミミの姿は、どこにもなかった。やっぱり夢を見ていたようだ。砂浜の足跡も見えなくなっていた。

窓から差し込む春の日射しは暖かく、波の音が聞こえてくる。風が吹いていなくても、波は止まらない。穏やかな音を立てて、行ったり来たりを繰り返す。その音を聞いているうちに、気持ちが落ち着いてきた。くつろぐまでは行かないけれど、混乱はずいぶん収まった。

夕莉は招待状をテーブルに置いて、そこに書かれた龍の名前を見た。なぜ、ここに龍の名前があるのか、誰がこれを書いたのか聞いてみようと思った。

でも質問をする暇はなかった。夕莉が口を開くより先に、景さんが言ってきた。

「ご予約いただいたおやつをお持ちしますので、少々、お待ちください」

夕莉自身が、このお茶会の予約を取ったような言い方をした。そして、ここでも口を挟む暇はなかった。

「では、失礼いたします」

そう言うなりお辞儀をし、キッチンらしき場所に行ってしまった。放り出されたみたいに一人になった。テーブル席からキッチンはよく見えない。何かをやっている気配はあったが、気になるような音は聞こえてこなかった。波の音のほうが、ずっと大きい。

くろねこカフェにはテレビやラジオはなく、BGMも流れていない。以前、両親と一緒に来たとき、父が訳知り顔で言っていた。

――波の音を聞きながら、のんびりと時間をすごす。それが、この店のコンセプトなんだ。

景さんの母親がやっていたときから、そういう店だったようだ。だからなのか、スマホを持っていたけれど、見る気にはなれなかった。

夕莉は誰もいない砂浜を眺めながら、また、龍のことを考えた。いや、ずっと考えている。彼のことが――どんなふうに死んだのかが頭から離れない。

「立派すぎるよ」

声に出さず呟《つぶや》いた。お年寄りを助けようとして死ぬなんて、あまりにも立派すぎる。

学校の先生も近所の大人たちも、龍を英雄扱いしていた。地元の新聞社やネットニュースでも取り上げられた。誰もが彼を褒める。

だけど、夕莉は褒めなかった。褒めたくなかった。龍のやったことは立派なのかもしれないが、死んでしまっては意味がない。死んでほしくなかった。生きていてほしかった。ずっと一緒にいたかった。

「……あんまりだよ」

今度は、声が漏れた。誰にも聞こえないように小さく呟いたはずなのに、夕莉の声はどこまでも響いていくようだった。谺《こだま》みたいに、頭の奥で聞こえ続けている。

瞼《まぶた》の裏が熱くなってきて、慌てて目を閉じた。そうして涙を呑《の》み込もうとした。ふいに足音が鳴った。その足音は、こっちに近づいてくる。景さんがキッチンから出てきたみたいだ。

目を開けると、テーブルのそばに立っていた。

「お待たせいたしました。吉川龍さまよりご注文いただいた『くろねこのおやつ』をお持ちしました」

コトリと音が鳴った。お皿を置いた音だった。視線を落とすと、宝石のように輝く青紫色の粒が目に飛び込んできた。

それは果物で、お菓子にたっぷりとのっている。夕莉のよく知っている果物とお菓子だった。

「ブルーベリータルトです」

景さんが――くろねこカフェのマスターが教えてくれた。このブルーベリータルトが、くろねこのおやつであるらしい。

「農林水産省の統計ですが、令和元年の千葉県のブルーベリー収穫量は全国五位と、日本では有数の産地となっています。その中でも袖ケ浦市のブルーベリーは糖度が高く、甘みが強いと言われています」

景さんが、ブルーベリーの解説をしている。マイペースというか、理屈っぽくて教科書みたいなひとだ。

夕莉は話についていけない。ブルーベリーを使ったチーズケーキやアイスクリームはよく食べるし、ブルーベリーそのものも大好きだ。

けれど、わからない。

ブルーベリータルトに龍との思い出がなかったからだ。

くろねこのおやつは、死んでしまったひとからの贈り物だと、招待状に添えられていた便箋《びんせん》に説明が書いてあった。なぜ、龍がブルーベリータルトを選んだのかわからなかった。

幼稚園や小学校のころに、どちらかの家で一緒に食べたかもしれないくらいで、他のおやつ以上に印象には残っていない。それとも忘れてしまったことがあるのだろうか？

忘れてしまったとしたら、それは悲しいことだ。ひとは忘れる動物で、どんなに大切な記憶でも時間の経過とともに薄れていくことは知っていたけど、龍のことは忘れたくなかった。

そして、景さんがしたのはブルーベリーの説明だけだった。それが終わると、夕莉が注文したスイーツを用意したかのような口調で言った。

「ごゆっくりお召し上がりください」

「は……はい」

頷《うなず》いたのは、食べてみれば何かを思い出すかもしれないと思ったからだ。このお茶会の意味がわかるのかもしれない。

「いただきます」

誰に言うともなく呟いてから、フォークを刺した。すると、タルト生地がぼろりと砕けた。まるで手応《てごた》えがなかった。家で冷凍したお菓子を温め直すと、こんなふうになることがある。美味《おい》しくないスイーツの特徴だ。

改めてブルーベリータルトを見ると不恰好《ぶかっこう》で、ブルーベリーがタルト生地からはみ出している。焼き色にムラがあって、生地の厚みが均一ではなかった。手作り風と言えないこともないが、プロが作ったタルトには見えない。家庭科の授業で作らされて、微妙に失敗したお菓子に似ている。

それでも口に運んでみた。見た目が悪くても美味しい場合はある。世の中には、こういう感じのブルーベリータルトが存在しているのかもしれない。けれど、美味しくなかった。

「ええと……」

リアクションに困るくらい美味しくなかった。タルト生地はサクサク感がなく、パサパサしていて、ブルーベリーは水っぽい。その上、カスタードクリームは甘すぎて、もったりしている。

戸惑いが大きくなった。くろねこカフェに不似合いな味だったからだ。こんな雑なスイーツを出すお店ではない。例えば、前に来たときにアップルパイを食べたけど、すごく美味しかった。他のスイーツも美味しいと評判で、地元・袖ケ浦市の観光案内で紹介されたこともある。

その思いが顔に出たらしく、景さんが肩をすくめて言ってきた。

「美味しくないですよね」

わかっていて、この微妙なブルーベリータルトを出したのだ。だが、彼の顔に悪意はなかった。

「は……はい」

夕莉が正直に頷くと、景さんが申し訳なさそうに言葉を続けた。

「謝らなければならないことがあります」

「謝らなければならないこと、ですか?」

夕莉はおうむ返しに聞いた。ブルーベリータルトが美味しくないことを謝るつもりだろうか?

しかし、彼の口から出たのは違う言葉だった。

「このお菓子は、わたしが作ったものではありません」

「そう……なんですか……」

曖昧《あいまい》に返事をした。何と答えればいいのかわからなかった。カフェやレストランなどで提供される多くのスイーツは、手作りではないことが一般的だ。食品メーカーや卸業者などから仕入れる業務用のものが使われていることは、高校生の夕莉でも知っていた。

ただ、夕莉自身に業務用のお菓子への偏見はない。コンビニスイーツは大好きだし、全国チェーンのカフェやファミレスでもデザートをよく食べるが、業務用かどうかなんて気にしたことはなかった。

そもそも、くろねこカフェのメニューのどこを見ても、「手作りスイーツ」とは書かれていないし、そんな説明も受けなかった。つまり、嘘をついたわけではないのだから、ブルーベリータルトが手作りでないことを謝る必要はないだろう。

そう思う一方で、疑問も感じた。ブルーベリータルトは業務用には見えない。形が悪すぎる。絶対に手作りだ。

景さんの知り合い――例えば、風花さんが作って、失敗したのだろうか。だけど、わざわざ、お店の評判を落とすようなスイーツを出すのはおかしい。妹が作ったものを出すのも変だ。謝るくらいなら出さなければいいのだから。

その疑問に答えるように、景さんが言った。

「本来であれば、店で出せるようなものではありません。お菓子作りをしたことのない人間が作ったものだそうです」

伝聞表現だ。景さんの知らないひとが作ったみたいな言い方だった。ますます、わけがわからない。狐につままれた気持ちになった。

話の続きを待ったが、景さんは口を閉じてしまった。口数の多いひとではないけれど、ここで黙ってしまうと話が宙ぶらりんだ。続きを促そうとしたときだ。足音が聞こえてきた。

誰もいないと思っていたキッチンから、ひとが出てきた足音だった。夕莉はそっちを見た。

二人いた。

知っているひとたちだった。子どものころから親しくしてもらっていて、龍の葬式でも会った。

「おじさん、おばさん……」

夕莉は呟《つぶや》いた。キッチンから出てきたのは、龍のお父さんとお母さんだった。夕莉の座るテーブルに近づいてきたのだった。

「ごめんなさい」

おばさんが謝った。その隣で、おじさんも頭を下げている。二人とも申し訳なさそうな顔をしていた。椅子に座りもせず、夕莉の座るテーブルのそばで立っている。

夕莉は、目を逸《そ》らしそうになった。龍が生きていたころよりも——もっと言えば、葬式のときよりも老けて見えたからだ。髪を染めていないだけかもしれないが、白髪が目立っていて、頬が痩《こ》けている。痛々しいほどに痩《や》せていた。

「ええと……」

言いかけて、すぐに詰まった。何から質問すればいいのかわからなかった。なぜ夕莉に謝ったのかもわからなければ、どうして、龍の両親がここにいるのかもわからない。

　話しにくいことがあるのか、龍の両親も頭を下げたきり黙っている。黒猫の掛け時計の針が動く音が大きく聞こえた。チクタク、チクタクと時を刻んでいる。

　窓の外で、また、とんびが鳴いた。姿の見えない鳥が、ピーヒョロロロ……、ピーヒョロロロ……と何度か繰り返した。

　その間隙を縫うように、景さんがようやく口を開いた。

「このお茶会は、お二人が依頼したものなんです」

「え……？」

　ますます戸惑う夕莉に向かって、おばさんがふたたび頭を下げた。

「本当にごめんなさい。夕莉ちゃんへのこの招待状も、わたしが書いたの」

　龍の名前をカードに書いたのは、彼の母親だったのだ。疑問の一つが解消したが、新しい疑問が生まれた。

「どうして、そんなことを……」

　問うように呟くと、おじさんが返事をした。

「このブルーベリータルトを食べてほしかったんだ」

「これを、ですか？」

　改めてテーブルに置かれたブルーベリータルトを見た。食べかけということを差し引いても、見映えが悪い。美味《おい》しそうには見えなかったし、実際に味もイマイチだった。

龍の両親はレストランをやっていて、デザートもお店で出している。プロなのだから、スイーツのよしあしもわかるはずだ。それなのに、こんなブルーベリータルトを出したのか。

「美味しくなかったでしょ?」と、おばさんに聞かれた。

「ええと……、あの……」

頷《うなず》いていいものかわからなかった。夕莉が言葉を濁していると、景さんが横から口を出した。

「美味しいはずがありません」

きっぱりした口調だった。言葉遣いは丁寧だけれど、遠慮がない。夕莉は、景さんがはっきり物事を言うひとだったことを思い出した。空気が読めないというか、読む気がないというか。

そんな景さんの言葉を聞いて、おじさんとおばさんは困ったような苦笑いを浮かべている。ただ、抗議はしなかった。さっきのおばさんの質問と言い、美味しくないことを認めているのだ。

「このブルーベリータルトは、冷凍したものなんです」

景さんが種明かしをするように言った。しかし、お菓子作りに限らず、料理をほとんどしない夕莉はぴんと来ない。

「冷凍？」

だから何なんだろうと思いながら問うと、景さんが言葉を付け加えた。

「ええ。正しい方法で冷凍保存すれば、二、三ヶ月間くらいは食べることができると言われています」

「そんなに長く保《も》つんですか？」

「食べられるというだけで、味も風味も大幅に劣化する」

返事をしたのは、おじさんだった。プロの料理人らしい口調で夕莉に解説をしてくれる。

「ブルーベリーは冷凍すると水分を失い、味や風味だけではなく食感も悪くなる。タルト生地は水分を吸収して硬くなる。生クリームやカスタードは、凍結と解凍の過程で分離したり、風味が失われたりするんだ」

理屈で説明されると、美味しくない理由がわかる。今は技術が発達しているので、冷凍しても美味しく食べることができる場合もあるようだが、このブルーベリータルトは微妙だった。

「まあ素人の作ったものだから」

独り言を呟くように、おじさんが言った。寂しそうに沈んだ表情を見た瞬間、ひらめくものがあった。どうして、この美味しくないブルーベリータルトを夕莉に食べさせたのかわかったのだ。

それは、突飛な考えではなかった。むしろ、この瞬間まで思い浮かばなかったのが不思議なくらいだ。

「もしかして……」

ブルーベリータルトを見ながら、夕莉は声を押し出した。少し躊躇《ためら》ってから、大好きだった——今も大好きな少年の名前を口にする。

「……龍が作ったんですか?」

「ええ」

おばさんが目を押さえて頷いた。おじさんは口を閉じて、痛みを堪《こら》えるように奥歯を嚙《か》み締めている。

夕莉も黙っていた。口を開いたら、子どもみたいに泣いてしまいそうだった。もう涙があふれかけている。胸の奥から悲しみが沸き上がってくる。切なくて悲しくて、身体が千切れてしまいそうだった。

そんな中でも、黒猫の掛け時計の針は進む。龍のいた時間を過去の出来事にしていく。時の流れは止まることがない。

けれど、置き去りにされるのは、生者なのか死者なのかわからない。夕莉には、何もわからなかった。

ふいに、子どもたちの遊ぶ声が聞こえてきた。小学生くらいの男の子たちが砂浜にやって来たみたいだ。くろねこカフェからその姿は見えないが、元気そうに騒いでいる。誰かをからかっているような声も聞こえた。

それを聞いて何かを思い出したように、おばさんが泣きながら笑った。そして、秘密を打ち明けるように言った。

「龍は、夕莉ちゃんのことが大好きだったの」

返事ができないほど驚いた。あふれかけていた涙が止まり、夕莉は目を大きく見開いた。

「嘘……ですよね？」

そう問うと、おばさんが首を横に振った。嘘じゃないと答えた。

「本当よ。夕莉ちゃんと結婚したいって言ってたくらいよ。口に出していたのは、幼稚園とか小学校低学年のころの話だけどね」

昔のことか、とは思わなかった。頬が赤くなるくらい嬉《うれ》しかった。幼いころのことだろうと、思いを寄せていた相手に「結婚したい」と言われるのは幸せだ。美しい宝石をもらったような気持ちになった。

しかも、おばさんの言葉には続きがあった。昔話ではなかった。断言するように言った。

「今でも好きだったの」

それから、夕莉に聞いてきた。

「龍にバレンタインのチョコレートをくれたでしょう?」

「……はい」

顔を伏せるようにして、小さく頷いた。照れくさかった。まさか、おばさんに知られているとは思わなかった。

「最初は秘密にしていたのよ。幸せそうな顔でチョコレートを持っていたから、誰かからもらったことはすぐわかったけど、誰にもらったのかは黙っているつもりだったみたい」

それはそうだろうさ。おじさんが苦笑しながら、そんなふうに呟《つぶや》いた。あいつだって思春期なんだから。

龍が今も生きていて、すぐそこに――例えば、家にいるみたいな言い方をした。龍の死を受け入れられないのかもしれない。何の前触れもなく、我が子を失ったのだから当たり前だ。

「最初は惚《とぼ》けていたんだけど、結局、夕莉ちゃんからもらったって自白して、泣きついてきたの」

「泣きつく？」

「うん。ＳＯＳを求めてきたって言ったほうがいいかしら」

「ＳＯＳ？」

また、おうむ返しに聞いた。話の行く先がわからなくて、他に何を言ったらいいのかわからなくて、相づちを打つように、おばさんの言葉を繰り返した。

「あの子、ホワイトデーのお返しのお菓子を作ろうとしていたの。ネットを見ながらやっていたみたいだけど、上手《うま》くいかなかったみたい」

おばさんは笑っているが、お菓子作りは難しい。夕莉もバレンタインのチョコレート作りに挫折《ざせつ》している。

それに、龍の両親はプロの料理人だ。お菓子職人ではないけれど、店ではデザートも出している。評判もよく、スイーツ目当ての客がいるくらいだ。

教えてもらうのに、これ以上の人間はいない。龍は、両親に事情を話した。夕莉にお返しをしたいと、はっきり言ったという。

「あいつなりに一生懸命に作ろうとしていたんだ」

おじさんが言った。食べかけのブルーベリータルトを見ている。その視線は優しくて寂しそうだった。

「龍を庇《かば》うわけじゃないけど、これは練習のつもりで作ったやつでね。もう少し上手になったと思うよ」

夕莉の誕生日の前日——三月二日に死んでしまったのだ。ホワイトデーまで二週間くらいある。このブルーベリータルトは、両親に教わりながら作った初めてのスイーツだったのだ。

練習で作ったものが保存されていたのは、おじさんの仕業だった。

「二週間後に作ったやつと比べようと思って、冷凍しておいたんだ。こんなに下手だったんだぞって、笑ってやろうと思ったんだよ」

今度こそ、返事ができなくなった。とっくに泣いていた。ボロボロと大粒の涙を流して、子どもみたいに泣きじゃくっていた。

視界に入るすべてが滲《にじ》んで見える。龍がせっかく作ってくれたスイーツを、ちゃんと見ることができない。

「どうして、ブルーベリータルトを作ろうとしたのかわかる？」

おばさんが優しい声で問いかけてきた。クッキーみたいな簡単に作れるお菓子ではなく、初心者が作るにはハードルの高そうなブルーベリータルトを選んだ理由を聞いているのだ。

夕莉は返事をすることができない。疑問に思ったけれど、泣くだけで精いっぱいで考えることさえできなかった。

その答えは、やっぱり優しいものだった。おばさんが龍の言葉を、気持ちを伝えてくれた。

「勉強すると目が疲れるからって。ブルーベリーは目にいいからって」

ブルーベリーに含まれるアントシアニンは、目の疲れや炎症を抑える効果があるとされている。また、ポリフェノールやビタミンCなどの抗酸化物質が豊富に含まれており、目の老化を防ぐことができると言われている。科学的根拠に乏しいと指摘されることもあるけれど、多くの人間が、ブルーベリーが疲れ目に効くイメージを持っているのは確かだ。

「夕莉ちゃんが医学部を目指しているって聞いて、あいつなりに心配して、それから応援していたんだ」

おじさんは言い、龍の言葉を伝えてくれた。


医学部は難しいから、たくさん勉強しないと駄目だろ。

そんなの、絶対、目が疲れるから。


「ブルーベリーを使うにしても、クッキーとかマフィンとかのほうが簡単だと思うと言ったんだけど、難しいほうがいいって聞かなかったんだ。恰好《かっこう》つけたかったんだろうな」

「それはそうですよ。だって思春期ですからね」

おばさんが、さっきおじさんが言った言葉を口にした。二人の口調は、龍をからかっているみたいだった。

龍の名前で最後のおやつを注文したのは、彼の両親だった。そして、夕莉をお茶会に招待してくれた。

自分たちだって辛《つら》いだろうに、夕莉を気にかけてくれたのだ。もしかすると、死んでしまった息子の思いを伝えたかったのかもしれない。

「龍の分も幸せになってね」

おばさんの声は潤んでいた。どうしようもなく潤んでいる。夕莉ちゃんに背負わせちゃ駄目だろ、とおじさんが注意している。

龍のいなくなった世界で、幸せになれるかはわからない。龍の分まで幸せになれるとも思えない。けれど、夕莉は返事をした。泣きながら答えた。

「はい。がんばります」

龍の分までがんばると伝えた。それは約束だった。死んでしまった幼馴染《おさななじ》みとの約束だ。

もう甲子園に連れてってくれるひとはいない。だから、自分の力で行かなければならない。一人で生きていかなければならない。

「がんばります」

もう一度、呟いた。それは、自分との約束だったのかもしれない。がんばって生きていこうと、自分に言い聞かせたのかもしれない。

「では、お席にどうぞ」

それまで黙っていた景さんが、おじさんとおばさんに声をかけた。席に案内している。くろねこのお茶会の出席者は、夕莉一人ではなかったのだ。

いいかな。夕莉にそう断ってから、正面の席に並んで座った。二人とも目が真っ赤だった。

それから、龍の両親と三人で残ったブルーベリータルトを食べた。あまり美味《おい》しくないね、と言いながら全部食べた。ときどき笑い、けれど、ほとんどの時間を泣いていた。泣きすぎて頭が痛くなりそうだった。

景さんはそばにいなかった。ずっとキッチンにこもっていた。だが、ブルーベリータルトを食べ終えるタイミングを見計らったように、テーブルに戻ってきて、こんなふうに言った。

「こちらは、当店からのサービスになっております」

そして、花の形をしたティーカップをテーブルに置き、ガラス製の透明なポットから飲み物を注いだ。温かい飲み物だった。湯気が立ち、スーッとした清涼感のある香りが広がった。

「ペパーミントティーです」

景さんが紹介した。夕莉でも知っているハーブティーだ。特徴のあるミントの味が思い浮かんだ。

「ブルーベリータルトと相性がいいんです」

それを聞いて、おじさんが頷《うなず》き、言葉を加えた。

「ペパーミントのすっきりとした味わいが、ブルーベリーの甘みと酸味を中和して、バランスの取れた味わいにする。また、ペパーミントの清涼感のある香りが、ブルーベリータルトの甘い香りを際立たせるんだ」

「苦手なひともいるけど、夕莉ちゃんは大丈夫かしら」

おばさんが心配してくれた。

「わかりません」

正直に答えた。ペパーミントティーという名前は知っていたけれど、今までちゃんと飲んだことはなかった。

「ミントが苦手じゃなければ大丈夫だと思うが」

おじさんが言葉を添える。だったら大丈夫だ。ミントチョコレートもミントの入ったアイスも好きだった。

そう答えると、景さんが穏やかに言った。

「温かいうちにお召し上がりください」

「は……はい」

夕莉は小さく頷いて、カップに口を付けた。その瞬間、心地よい風が吹き抜けたような錯覚をおぼえた。ひんやりとした涼やかさが口腔《こうこう》内に広がったのだった。口当たりが軽く、苦みや渋みは感じられない。ほのかに甘かった。

「すごく美味しいです」

びっくりするくらい美味しかった。おじさんとおばさんも目を細めて、ペパーミントティーを飲んでいる。何も話さずに温かいペパーミントティーを口に運んだ。

いつの間にか、窓の外は静かになっている。子どもたちは帰ってしまったようだ。とんびの鳴き声も聞こえない。

夕莉はペパーミントティーを味わいながら、また龍のことを考えた。そして、声に出さず彼に話しかけた。

「二人とも片思いのままだね」

お互いのことを思っていても、もう龍はいない。両思いになることはない。初めての恋は、失恋に終わった。

第三話

少年と焼きとうもろこし

袖ケ浦海浜公園

千葉港南部の親水公園として、また海に面した憩いの場として平成16年4月に全面供用を開始しました。8.9 haの園内には海沿いのプロムナードをはじめ、東京湾をかたどった広場や広い芝生広場、ピクニック広場があります。公園のシンボルである高さ約25 mの展望塔からは、東京湾アクアラインや海ほたる、天気の良い日には対岸の街並みや富士山、東京スカイツリーも望めます。

（袖ケ浦海浜公園ホームページより）

母さんが泣いていたことを、山田航太《やまだこうた》は知っている。病院の待合室で泣いていた。お風呂《ふろ》に入っているときとか、買い物に行く途中とか、航太がいないときにも泣いているのかもしれない。

いろいろな大人に子ども扱いされるし、実際、小学校三年生なのだから子どもだ。まだ八年しか生きていない。どう考えたって子どもだ。

だけど、大人にならなければならないときがある。そうなりたいと思ったわけではないが、そのときが来てしまった。

もう、子どものままではいられない。ただ、この先、生きていられるかは――大人になれるかはわからなかった。

◯

ゴールデンウィークのことだ。航太は、母さんに嘘をついた。友達の家に遊びに行くと言って、ぜんぜん違うほうに歩いていった。

ポケットの中には、新聞に折り込まれていたチラシが入っている。三日前に見つけた広告だ。母さんに見つからないように抜き取って、自分の部屋の本棚に隠しておいたものだった。

スマホとかゲームとか欲しい物が載っているチラシじゃない。そこには、こんな文字が書かれている。

お葬式の生前予約　無料相談会

葬儀店の広告だ。メモリアルホール谷中、と葬儀会社の名前が書いてあって、地図も載っている。

生前予約が何なのかはテレビで見たことがあるから、だいたい知っている。生きているうちに死んだあとのことを頼んでおくもので、残された家族のためにもなると言っていた。

それから、メモリアルホール谷中も知っている。行ったことがあった。航太は、ふたたび、その葬儀会社に行こうとしていた。

三年前。

航太が小学校に入る前、父さんが頭の病気になった。入院して手術することになった。

手術の前日にお見舞いに行ったときのことだ。父さんはベッドに横たわったまま、航太に言った。

「母さんのことを頼むぞ」

前にも同じようなことを言っていたが、そのときは適当に聞いた。でも、病院で言われると、聞き流すことはできない。

父さんの入っている病室は個室で、このとき、航太の他に誰もいなかった。母さんも病院の先生も、看護師さんもいない。理由はわからないけれど、航太と父さんの二人きりだった。

病院は苦手だ。病気じゃなくても、そこにいるだけで不安になる。不安で不安で仕方なかった。

「頼むぞって……。父さん、死んじゃうの？」

「おい、殺さないでくれ。大丈夫だって、先生も言ってただろう？」

父さんが吹き出した。目を細くして笑っている。ベッドに横たわったままだったけど、家にいたときと同じように元気に見えた。その笑顔を崩さず、父さんは言葉を続けた。

「手術をしたあと、しばらく入院しないと駄目らしいんだ。家には帰れない。そのあいだ、母さんのことを守ってほしい」

「守るって、母さんのほうが強いじゃん」

航太は口を尖《とが》らせた。身体も母さんのほうが大きいし、腕相撲だって敵《かな》わない。口《くち》喧嘩《げんか》でも負けそうだった。

「そうだな」

父さんは頷《うなず》いた。疲れたのか、もう笑っていなかった。いつの間にか目を閉じて、聞こえないくらいの小さな声で言った。

「強くても守ってほしいと思うことがあるんだよ」

「母さんがそう言ったの？」

不思議に思って聞き返すと、父さんは首を横に振った。

「いや、言わない。絶対に言わないだろうな。だから、航太に頼みたいんだ」

「ふうん。よくわからないけど、いいよ。母さんを守るよ」

返事をしたけど、父さんはもう眠っていた。これが、父さんとの最後の会話になった。数日後、父さんは手術を受けて、死んでしまった。二度と家に帰ってくることはない。

病院の先生も母さんも、それから父さんも、大丈夫だと言ったのに、手術をすれば治ると言ったのに、ちっとも大丈夫じゃなかった。全然、大丈夫じゃなかった。死んじゃうなんて聞いていない。

　そして、メモリアルホール谷中で父さんの葬式をあげてもらった。航太は泣いたけど、母さんは泣かなかった。航太の背中をずっとさすっていた。ずっと、ずっとさすっていた。

○

　ゴールデンウィークの最終日、風花は無料相談会の受付を担当していた。詳しい説明は的場たち社員がするが、質問をされれば答えなければならない。事前の申し込みなしに通りがかりのひとが入って来ることもあって、その対応も任されていた。重要な役割と言っていいだろう。

　メモリアルホール谷中には、いろいろな客がやって来る。性別や国籍を問わないのはもちろんだけれど、生前予約の無料相談会となれば、それこそ若者から後期高齢者まで幅広いひとびとが訪れる。

　でも、小学生の客は珍しい。両親や祖父母と一緒に来ることはあっても、一人ではまず入って来ない。その珍しい事態が起こった。

　通りがかりのひとが気楽に入って来られるように、歩道に面した部屋で無料相談会を開催していた。そこは、メモリアルホール谷中で一番広い部屋でもあった。風花の他にも社員たちが相談を受けている。

もちろん無料相談会だろうとプライバシーにかかわるものだから、パーテーションで区切り、一つ一つの席を離してある。風花のボックスは、入り口の近くにあった。そして、たまたま誰の相談も受けていなかった。

ドアが開き、小学校低学年らしき男の子がメモリアルホール谷中に入ってきた。物珍しそうに視線を周囲に走らせ、空いている風花の席にやって来た。迷いのない口調で挨拶《あいさつ》をしてきた。

「こんにちは」

「こ……こんにちは」

風花は目を丸くしながら、どうにか挨拶を返した。いたずらか間違いかと思ったが、そのどちらでもなかった。

「生前予約を頼みに来ました」

男の子が言った。真っ黒に日焼けしていて活発そうな少年だった。何かスポーツをやっているのかもしれない。

右手には、メモリアルホール谷中の広告を持っている。先週、新聞に折り込んだチラシだ。それでも、風花は聞かずにはいられなかった。

「頼みに来ましたって……。ええと誰が？」

「ぼくです」

きっぱりとした口調で答えた。小学生の男の子が葬式の生前予約にやって来たのだった。

「もうすぐ手術をするんです」

男の子――山田航太の話は、そんなふうに始まった。生前予約の無料説明会に来た理由を話してくれた。

「病気になっちゃったんです」

少年はサッカーをやっていて、地元のクラブチームに所属しているという。袖ケ浦市はサッカーが盛んな地域だ。千葉県内にはプロサッカーチームであるジェフユナイテッド市原《いちはら》・千葉が存在し、袖ケ浦市からも多くのサポーターが応援に訪れることで知られている。

航太はプロサッカー選手を目指していた。けれど、もうなることはできない。目指すことさえできなくなったと、少年は言った。

「練習中に頭が痛くなって、倒れちゃったんです」

救急車で病院に運ばれ、検査を受けた。すると、腫瘍《しゅよう》が見つかった。三日後に入院し、手術を受けることになっている。少年はそんな話をした。必死に堪《こら》えているが、辛《つら》そうな顔をしている。今にも泣きそうだった。

「病院の先生は、手術をすれば大丈夫だって言うんですけど……」

声が小さくなった。消え入りそうな声だった。けれど、風花はその言葉を聞いて、ほっとした。

「だったら大丈夫だよ。きっと、またサッカーできるようになるって」

医者が言ったのなら大丈夫だ。風花はそう思い、航太を励ました。元気づけたかった。

だが、その励ましは逆効果だった。少年の顔がいっそう暗くなった。風花の言葉は、航太の悲しみに触れてしまった。言い返すふうでもなく、独り言を呟《つぶや》くように男の子は言った。

「父さんも頭の病気になって手術を受けて、それで死んじゃったんです。病院の先生も母さんも、父さんだって、大丈夫だって言っていたのに……」

風花は、のちに少年の父親——山田和守《かずもり》が、メモリアルホール谷中で葬式をあげていたことを知る。航太は、以前にもここに来たことがあったのだ。風花が社長になる前だが、母親と一緒に訪れていた。

「でも——」

どうにか元気づけようとしたが、航太に遮られた。

「葬式には、お金がたくさんかかることは知っています」

話を進めようとしている。励ましの言葉を聞きたくないのかもしれない。言葉は、時として無力だ。

「だから——葬式は無理だから、こっちをお願いしようと思って来たんです」

少年は、メモリアルホール谷中のチラシを風花に向けて、片隅に書かれている文字を指差した。

そこには、こう書かれていた。

くろねこのおやつ
あなたなら、最後のおやつに何を用意しますか？

そして、航太はポケットから封筒を出し、中身をテーブルに広げて見せた。千円札や五百円玉、百円玉、五十円玉、十円玉、五円玉、一円玉だ。千円札は二枚だけだったが、十円や一円硬貨はたくさん入っていた。封筒が破れなかったのが不思議なくらいだ。全部で五千円くらいあるだろうか。新しいサッカーボールを買うために貯めたお金だと言った。

「これで足りますか？」

航太に問われて、風花は返事に困った。広告にも書いてあるが、くろねこのおやつはオプション商品で、単体での申し込みは受けていない。小学校低学年の男の子には、そこまで理解できなかったのだろう。

ちゃんと説明して断るべきだ。そもそも小学生とは契約を締結できない。しかし、少年の顔は真剣で、断ってはならないことのようにも思えた。葬儀会社の仕事ではないけれど、放ってもおけない。

また、気になることもあった。風花は質問した。

「誰におやつを用意するの？」

「母さんです」

航太は答え、無理やりみたいに笑顔を作って言った。

「ぼくがいなくなったら、ぼくが死んじゃったら、母さんは独りぼっちになっちゃうから」

——母さんのことを頼むぞ。

父さんに言われたけれど、約束したけれど、守れそうにない。そんなふうに少年は言った。目には、涙があふれかけている。でも泣かなかった。涙を乱暴に拭《ぬぐ》って、言葉を続けた。

「独りぼっちになって落ち込んでいたら、母さんに美味《おい》しいおやつを食べさせてあげてほしいんです。ずっと、美味しいごはんを作ってもらっていたから。美味しいものを食べると元気になるから。母さんのことが大好きだから」

精いっぱい考えて、ここにやって来たのだ。航太はまだ八歳なのに、自分が死んだあとのことを思っている。病気や手術は怖いだろうに、自分よりも母親のことを考えている。

「……わかった」

テーブルに広げられた硬貨を見ながら、風花は答えた。一生懸命に貯めたであろう十円玉が滲《にじ》んで見えた。瞼《まぶた》の裏側が熱くなっていた。泣いてしまいそうだった。涙をこらえながら、航太と約束した。

「くろねこカフェのマスターに話しておく」

兄なら、この少年の力になってくれるだろう。くろねこのおやつは、いつだって優しい。

〇

「ピーヒョロロロ……、ピーヒョロロロ……」

青空のどこか彼方《かなた》で、とんびが繰り返し鳴いている。姿は見えないのに、その鳴き声は優しく、遠くへと広がっていく。寺院の小さな鐘のように清澄で鮮やかで、自然の中に生命を注ぎ込もうとしているようだった。

短い春が終わり、梅雨が明けて、暑い夏がやって来た。早くも、連日のように猛暑を記録している。

そんな夏の昼下がりのことだ。航太の母・山田史香《ふみか》は、くろねこカフェに続く海辺の道を一人で歩いていた。日傘を差しているが、それでも眩《まぶ》しかった。太陽の光が海面に反射して、ぎらぎらと照りつけてくるみたいだった。

もうすぐ夏休みなのに——もう学校は早帰りのはずなのに、海辺には誰もいない。史香の他に、ひとけがなかった。

そして、海岸沿いの道では、向日葵《ひまわり》が黄色い花を咲かせている。袖ケ浦市には、いくつかの向日葵畑があり、市内外から多くの観光客が訪れる場所の一つとなっている。『東京ドイツ村』や『飯富《いいとみ》のひまわり畑』など、観光案内やニュースで取り上げられる名所も多い。この海辺に咲いている向日葵も、それらに劣らず綺麗《きれい》だった。

けれど、今は花を見る気持ちにはなれない。葬儀店に寄ってきたこともあって、悲しみに打ちひしがれていた。

家族を失った痛みは癒《い》えることがない。生きているのが不思議なくらい苦しくて、胸が張り裂けそうだ。その悲しみを忘れることも、ましてや悲しみに打ち勝つこともできずにいた。

それでも世界は動き続ける。大切なひとを失っても、時間は流れていく。この世界は終わらず、生きるために働かなければならない。史香も歯車のように動き続けなければならない。

そんな中、今日だけは休むつもりでいた。会社を早退し、くろねこカフェに向かっていた。くろねこのお茶会に招待されたのだった。バッグには、数日前に届いた招待状が入っている。

招待状が届いたときには驚いたけれど、無視しようとは思わなかった。無視なんてできるわけがない。

ただ、あの日のことを思い出して、誰もいないところで少しだけ泣いた。今も、砂浜を歩きながら泣きそうになる。泣いたって、死んでしまった人間は帰ってこないのに。

眩しい日射しを日傘に浴びながら、海辺を歩き続ける。誰かが遊んでいたのか、波打ち際に砂のトンネルがあった。作ってから時間が経っているのか崩れかけてはいるけれど、綺麗に作ってある。

航太と夫、それから自分の三人で海辺で遊んだ日のことを思い出した。二人とも、海が大好きだった。

二度と戻らぬ日々を――帰って来ないひとを思いながら、史香は足を進めた。何分も行かないうちに、古民家風の建物が見えた。

周囲にはやっぱり誰もいなかったが、黒猫が砂浜を散歩していた。どこかの飼い猫らしく赤い首輪をしている。史香の顔を見て、挨拶《あいさつ》するみたいに鳴いた。

「にゃあ」

そして古民家風の建物の陰に隠れてしまった。自分の家に帰っていくように歩いていた。

史香は、その黒猫を追いかけるように建物に近づいた。入り口のドアには黒猫のプレートがかけてあって、文字が書いてあった。

くろねこカフェ
本日は貸し切りです。

「こんにちは」

声をかけながらドアを開けると、りん、と風鈴みたいな音が鳴った。呼び鈴がついているようだ。

けれど、呼び鈴は必要なかった。ドアの前に顔立ちの整った青年が立っていて、史香を見るなり頭をさげた。

「いらっしゃいませ。お待ちしておりました」

――谷中景。

青年の名前だ。地元の人間なので、ここ以外の場所でも、例えば、病院やスーパーで何度か見かけていた。立ち話をするほど親しくはなかったが、目が合うと彼は会釈をしてくれる。

付け加えると、葬式を出してもらったメモリアルホール谷中の現社長は、この青年の妹だ。兄がカフェを、妹が葬儀会社を継いだのだ。

男女逆じゃないか。そんなふうに言う者もいるようだけど、古くさい考え方だし、そもそも余計なお世話だろう。カフェも葬儀会社も問題なく経営されていて、町のひとびとからの評判もいい。

「お世話になります」と、史香は頭を下げた。

「こちらの席をご用意いたしました」

景が案内してくれる。言われるまでもなく、この店に入った瞬間に、どこに座るべきかわかった。窓際の席に遺影が置いてあったからだ。家族の写真がテーブルに立ててあった。

　時間は、死者を置き去りにして流れていく。大切なひとがいなくなっても、止《とど》まることなく流れ続けていく。

　けれど、人間の意識の流れは一定ではない。時間の流れを遡《さかのぼ》っていき、ときどき昔に戻る。一緒に暮らしていたころの自分に返ることがある。懐かしくて、どうしようもなく切ない気持ちになる。

　くろねこカフェの壁には、メニューを書いた小さな黒板と黒猫のデザインの掛け時計がある。史香は視線を向けた。間もなく三時――招待状に書かれた時間になろうとしていた。

「そろそろ、お時間ですが……」

　景が控え目に催促するように言ったときだ。ドアに付けてある呼び鈴が、りんと鳴り、男の子の声が響いた。

「こんにちは！」

　くろねこカフェのドアが開き、ランドセルを背負った少年が立っていた。元気そうに日焼けしている。景が出迎えにドアに向かったが、それを待たずに史香を見つけて聞いてきた。

「ぎりぎりセーフ？」

　黒猫の掛け時計に目をやると、ちょうど午後三時だった。招待状に書かれた時間、ぴったりだ。でも、ぴったりすぎる。

「もう少し早く来なきゃ駄目でしょ。どうせ遊んでたんでしょ」

史香は、自分の息子——航太に言った。テーブルに置かれている遺影は、航太のものではなかった。

○

航太は元気だった。手術は成功し、しばらく病院に通わなければならないが、それ以外は普通に暮らしている。もう少しすれば、サッカーもできるようになるはずだった。

およそ三ヶ月前、航太は、史香に内緒でくろねこのおやつを申し込んだ。風花に連れられて、くろねこカフェに行ったという。そこで、景と話をした。

ちなみに、風花は仕事中だったので、航太を送り届けただけで帰ってしまった。だから、どんな話をしたのかはわからない。景は小学校三年生相手でも、いつもの調子でしゃべったようだ。

「手術を受ければ、元気になります」

そう言ったことだけは聞いている。それから、航太の病気がどんなものなのかを説明したという。大人に対するように話して聞かせたらしい。難しくてわかんなかった、と航太は言っていた。だが、景が気休めを言っていないことはわかったようだ。

病気になってから落ち込みがちだったのに、景と話して以来、吹っ切れたような顔になった。

「あのひと、そういう機能が付いてなさそうだもん」

家に帰ってきて、どこで何をしてきたのかを話してから、史香に言った。あのひとは、もちろん景のことだ。

景が気を使わないという意味ではないだろうが、確かに適当なことを言いそうにはない。航太のような子ども相手でも、嘘をつきそうになかった。

――嘘をつかない人間など、この世に存在しません。

真面目な顔で、反論してきそうだけれど。

とにかく、景は航太の生前予約の申し込みを断った。その必要はありません。きっぱりと言ったのだった。

だが、くろねこのお茶会の招待状が届いた。誰からだろうとは思わなかった。ちゃんと名前が書いてあったからだ。

山田史香さま
山田航太さま
このたび、くろねこカフェでお茶会を開催することになりました。
お忙しいとは存じますが、お時間を割いていただければ幸いです。
なお、お茶会にはくろねこのおやつをご用意して、心よりお待ちしております。
山田和守

そこにあったのは、夫の名前だった。死んでしまった夫からの招待状が届いたのだった。

いたずらでもなければ、誰かが勝手に夫の名前を書いたわけでもない。招待状は手書きだった。

見覚えのある太いボールペンで書かれていて、間違いなく夫本人の筆跡だ。和守が書いたものだ。

「わたしどもの両親がご予約を承りました」

景の言葉だ。史香はくろねこのお茶会の招待状が届いて驚き、くろねこカフェに電話をした。

すると、景はすべてを話してくれた。史香の知らないことがあった。

○

和守は病気が見つかったあと、自分の葬式の生前予約をした。そこまでは知っている。夫から聞いている。

頭に腫瘍《しゅよう》ができたことまでは航太と同じだったが、夫の場合、見つかったときにはすでに手遅れの状態だった。手術をしても成功する可能性はほとんどない、と医者に言われた。命を縮めることになりかねない、とも言われた。

手術を受けずに過ごすという選択肢もあった。そのほうが長く生きられるかもしれなかった。しかし、和守は手術を受けることを選んだ。

大人だって手術を受けるのは怖い。しかも成功する見込みが極端に少ない手術なのだ。

それでも、夫は笑って宣言した。史香にこう言った。

1パーセントでも可能性があるんだったら、おれは手術を受けるよ。もっと史香と一緒にいたいし、航太が大人になるのも見たいから。

それから、十年前に聞いた史香へのプロポーズの言葉を繰り返した。病院のベッドで、一語一句違《たが》わずに言ったのだった。

百歳になっても君と一緒にいたい。よぼよぼになった身体で君を守り続けたい。

泣かずにはいられなかった。涙があふれて、嗚咽《おえつ》が込み上げてきた。こんなときに、十年前のプロポーズを繰り返すなんて卑怯《ひきょう》だと思った。

史香だって同じだ。彼と同じことを望んでいる。百歳になっても、髪が真っ白になって腰が曲がったあとも、和守と一緒にいたい。よぼよぼになった夫を守りたい。よぼよぼになった身体で守りたい。彼と手をつないで歩いていたい。

愛するひとを、和守を本気で守りたいと思うなら、泣いていては駄目だ。支えられるだけの強さがなければ、守ることなどできない——。

「あなたがそう決めたのなら、もう反対はしない。わたしも闘うから。あなたと一緒に病気と闘うから」

涙を押さえて、強い口調で言った。怖くなくなったわけではない。だけど、乗り越えていこうと決めたのだ。

だがその一方で、夫は葬式の生前予約をしていた。入院する前、史香の知らないあいだに、メモリアルホール谷中で相談したらしい。そのことを詰《なじ》ると、はぐらかすように言い訳した。

「あとで笑い話になるだろ」

もちろん、そんな軽いつもりで生前予約を申し込んだのではないだろう。1パーセントの可能性に賭《か》けるという言葉に嘘はないが、それと同時に、死を覚悟していたのだ。そして、史香の負担にならないように、手術が上手《うま》くいかなかったときの準備をしていたのだ。

このとき、くろねこのおやつを生前予約と一緒に申し込んだようだが、史香は知らなかった。何も聞いていなかった。景が教えてくれなければ、ずっと知らないままだっただろう。

和守が生前予約を申し込んだとき、彼の両親は生きていて、各々が葬儀会社とカフェを取り仕切っていた。だから、景は夫の話を直接は聞いていない。

しかし、くろねこのおやつを申し込んだ際のデータは残っていた。和守から聞いた言葉もちゃんと入力されていた。夫は、大切な言葉を残していた。

息子が一人前になったら、自分の足で歩けるようになったら、この招待状を出してください。

「航太くんが一人前になったかどうかの判断は、当時のくろねこカフェの主に委《ゆだ》ねられていました」

景が話を続けた。当時のくろねこカフェの主というのは、彼の母親のことだ。融通の利かなそうな口調で、さらに言った。

「子どもが一人前になったかどうかの判断は難しいですが、引き受けた以上は、役割をまっとうしなければなりません。くろねこカフェを継いだ自分にも、その義務があります」

どこまでも真面目な青年だ。真摯《しんし》に仕事をしている。

そして、くろねこカフェの新しい主は、母親の引き受けた仕事をまっとうしようとした。史香と航太に招待状を送り、くろねこのお茶会を開いた。

「おれ、一人前になったの？」

真面目な顔で航太が聞いた。普通の大人なら笑い出しそうな質問だが、景は眉《まゆ》一つ動かさずに返事をする。

「手術を受ける前、自分のことよりも、お母さんの心配をしていました」

それから、メモリアルホール谷中で航太が風花に言ったという言葉を、景が繰り返した。

独りぼっちになって落ち込んでいたら、母さんに美味《おい》しいおやつを食べさせてあげてほしいんです。

ずっと、美味しいごはんを作ってもらっていたから。

美味しいものを食べると元気になるから。

母さんのことが大好きだから。

「そんなこと、言ったっけ？」

航太が、そっぽを向いて呟《つぶや》いた。きっと、照れくさいのだ。史香も照れくさかった。

鼻の奥がツンとして、瞼《まぶた》の裏側が熱くなりそうなほどに。

〇

「それでは、ご予約いただいたおやつをお持ちしますので、少々お待ちください」

景が話を進めた。史香は、夫が何を注文したのかを知らない。また、思い当たるおやつもなかった。

航太に食べさせてほしいと言い残したのだから、息子との思い出があるお菓子なのだろうけど、和守は甘い物が苦手だった。自宅でも、家族で食事に行った先でも食べなかった。

夫が何を注文したのか聞いてみようと思ったが、景がそれより先に息子に話しかけた。

「航太くん、準備を手伝ってもらえますか」

「うん」

わかっていると言わんばかりに返事をしたのだった。頼まれることを知っていたようだ。事前に話を聞いていたのかもしれない。不思議なくらい、景と風花のきょうだいに懐いている。

それにしても、手伝ってもらえますかって……。

史香の眉根《まゆね》が寄った。航太に手伝えるとは思えなかったのだ。やる気はあるのだけれど、台所仕事を手伝うと余計に散らかってしまう。小学校三年生なんて、そんなものなのかもしれないが、カフェのキッチンに入れたら何をしでかすことやら。

心配する母親をよそに、航太が景と一緒にキッチンへと入っていった。史香の座るテーブル席からキッチンの中は見えない。

また、そういう作りなのだろうが、キッチンの音も聞こえなかった。しばらく経っても、何の音も聞こえない。静かすぎて、いっそう不安になった。

皿を割ったり、卵を落としたりしていないだろうか。どうにも腰が落ち着かなかった。

そのあいだも、黒猫の掛け時計の針は進んでいく。十分、二十分と経った。いくら何でも時間がかかりすぎている。航太が何か失敗したに違いない。

キッチンへ様子を見にいこうと腰を浮かしかけたときだ。香ばしいにおいが漂ってきた。

「これって……」

史香は驚いた。不意打ちだったからだ。食べ物のよい香りだが、カフェで嗅《か》ぐようなにおいではない。

醬油《しょうゆ》が少し焦げたようなにおい。

穀物を焼いた甘いにおい。

お菓子とは少し違うが、夏のおやつとして誰もが思い浮かべるものだ。何を作ったのか、においだけでわかる。

夫はこれを頼んだのか。微笑む和守の顔が、史香の脳裏に浮かんだ。彼の大好物だった。ここでは焼いたようだけれど、生のまま食べたり、湯がいたり、蒸したりして食べることもできる。

　腰を浮かしかけた姿勢で固まっていると、景と航太がキッチンから出てきた。航太は大きな皿を持っている。皿の上には、こんがりと焼かれて醤油を塗られた食べ物が載っている。

　二人は史香の座るテーブルのそばまでやって来て、景が声をかけてきた。

「お待たせいたしました」

「お待たせいたしました」

　航太が真似をし、テーブルに大皿を置いた。カフェの店員になったつもりでいるのだろうが、お祭りの屋台を手伝っている子どもにしか見えない。

「山田和守さまにご予約いただいた『焼きとうもろこし』です」

　景が、くろねこのおやつを紹介した。思い出のおやつを見て、また、史香の目が潤んできた。その涙を隠そうと、慌ててうつむいた。

　史香の胸に、懐かしくて優しくて切ない記憶がよみがえっていた。走馬灯のように、思い出が脳裏を駆け巡る。

○

夫は、焼きとうもろこしが大好きだった。とうもろこしが店頭に並ぶと、先を争うように買ってきた。子どもみたいだと史香が笑うと、和守は真面目な顔で反論になっていない反論をした。

「地元の名産品だから積極的に買わないと駄目だろ」

千葉県のとうもろこしの生産量は、北海道に次いで全国二位だ。袖ケ浦市でも盛んに作られている。とうもろこしは鮮度が重要だから、新鮮で瑞々《みずみず》しい地元産のものがいい。

地産地消という言葉がある。地元で生産された食材を地元の人々が消費することで、輸送や保存にかかるエネルギーや排出物を削減し、食品の新鮮さや品質を確保することができる。さらに、地域経済の活性化や地域の特産品や食文化の保護にも役立つ。袖ケ浦市でも、地産地消を推進している。

「それだけじゃない。とうもろこしは身体にいいんだぞ。健康のためにも食べるべきだ」

確かに、さまざまな健康効果を期待できる。例えば、食物繊維が豊富で腸内環境を整え、消化を促進する効果がある。さらに、ビタミンB_1が多く含まれており、疲労回復に効果的とされている。ビタミンEには抗酸化作用があり、細胞のダメージを軽減する助けとなる。また、カリウムも含まれており、高血圧やむくみを予防すると言われている。

「だから、航太も食べるんだぞ」

「うん！」

　息子もとうもろこしが大好物だった。炊き込みごはんやコーンスープ、天ぷら、フライも好きだったが、一番のお気に入りは、焼きとうもろこしだ。和守も航太も、史香も大好きだった。

　海水浴やお祭りで食べたこともあるけれど、史香の記憶に強く残っているのは、夫が作ってくれた焼きとうもろこしだ。

　家でも作ってくれたし、袖ケ浦海浜公園のバーベキュー場でも作ってくれた。ちなみに、袖ケ浦海浜公園に向かう道には、椰子《やし》の木が立ち並び、「千葉フォルニア」と呼ばれていて、インスタ映えする観光名所として有名だ。カリフォルニアを思わせる南国の雰囲気が漂う風景が広がっているが、夫は食べることしか興味がなかった。美しい景色を見もしない。

「やっぱ、バター醤油でしょう」

決まり文句のように言って、とうもろこしの調理を始めるのだった。得意料理だと胸を張っているが、それほど難しい作業はない。フライパンにバターを溶かして、適当な大きさに切ったとうもろこしを並べて加熱し、焼き目がついたころに醬油を垂らすだけだ。焦がし醬油にすることもあった。

手術が決まったあとも、航太を従えて焼きとうもろこしを作ってくれた。手伝わせようとしたようだが、今よりも幼かったのだから役には立たなかっただろう。小学校入学前の男の子に台所仕事は無理に決まっている。余計なことをして、台所を散らかすのが関の山だ。何分か二人で一緒にいたが、航太は台所から追い出された。結局、夫一人で焼きとうもろこしを作った。

とうもろこしが焼き上がると大皿に載せて食卓まで運び、史香と航太に言うのだった。

「さあ、食べてみて」

料理漫画の主人公みたいな口調だった。本人は大真面目で、それがまたおかしくて、史香は涙が出るほど笑った。

今でも、そのときのことを思い出すと、頰が緩み、そして涙が滲《にじ》む。

　○

「食べてみてよ」

くろねこカフェで声が聞こえた。顔を上げると、航太の誇らしげな顔があった。親子なのだから当たり前だが、和守に似ている。どんどん似てきている。今はまだ小さいけれど、いずれ史香の身長を追い越し、夫よりも背が高くなるだろう。子どものころの和守よりも航太のほうが体格がいいようだ。

記憶の中の和守と未来の航太。

二人の姿が重なって見えて、返事ができなかった。焼きとうもろこしに手を伸ばすことも忘れて、史香は二人のことを考えていた。

「早く食べないと冷めちゃうよ」

航太がせっついた。景も言葉を添える。

「どうぞ、温かいうちにお召し上がりください」

冷めても美味《おい》しいが、せっかくの焼き立てなのだから早く食べたほうがいい。溶けたバターがとうもろこしに艶《つや》やかな光沢を与えている。

「それじゃあ」

史香は呟《つぶや》くように返事をした。焼きとうもろこしを食べるのは、夫が死んでから初めてだった。そんなつもりはなかったけれど、心のどこかで避けていたのかもしれない。

「食べる前に手を洗ってね」

航太が、いつも史香に言われていることを言った。史香の言い方を真似しているつもりらしく、偉そうな口調だった。

「ちゃんと洗ってあるから」

吹き出しそうになりながら言葉を返した。我が家では、焼きとうもろこしは手づかみで食べていた。とうもろこしは手づかみで食べたほうが美味しい。そう夫が主張したからだ。

ナイフとフォークを使った食べ方があることを知っているが、手づかみで食べてもマナー違反ではないというし、そのほうが食べやすい。

くろねこカフェのテーブルの上には、ナイフもフォークも箸《はし》も用意されていなかった。その代わり、おしぼりが置いてある。手づかみで食べろ、ということだろう。わざわざフィンガーボールまで用意されている。

「いただきます」

史香は景と航太に言い、焼きとうもろこしを手に取った。熱くはないが、まだ十分に温かかった。心のこもった料理は、いつまでも温かい。

口に運ぶと、唾液《だえき》があふれてきた。まろやかなバターと香ばしい醬油《しょうゆ》が、とうもろこしに染み込んで、自然な大地の甘さを引き立てている。

ほんの少し焦げる程度に焼き上げられたとうもろこしは、外側がパリッとしていて、中は甘くジューシーだった。バターの豊かな風味がとうもろこしに深みを与え、醬油の塩味が全体を引き締めている。バターのクリーミーさ、醬油の塩味、とうもろこしの甘さと食感が組み合わさり、口福《こうふく》を感じた。

「美味しい」

心の底からそう言った。そして、おやつを用意してくれた二人にお礼を言った。

「景さん、航太、ありがとう」

史香が頭を下げると、航太が急に決まり悪そうな顔になって、頭をかきながら自白した。

「おれ、何もしてないから。ただキッチンに立って、景さんが作るのを見てただけだから」

聞かなくても想像できたことだ。たかが、焼きとうもろこしと思うかもしれないが、とうもろこしの絶妙な焼き加減といい、バターと焦がし醬油のバランスといい、料理をしたことのない子どもが出せる味ではない。

あえて言わなかったけれど、かつて和守が作った焼きとうもろこしより繊細で、味もよかった。夫が料理下手だったというわけではない。プロと素人の差だ。

「おれも作れるようになるかなあ」

航太が呟くように聞くと、景が真面目な顔で答えた。

「努力次第でしょうね」

相変わらず身も蓋《ふた》もなかった。さっき航太が言ったように、子ども相手でも嘘やお世辞を口にしない。

自分の言葉にフォローを入れることなく、景がお辞儀をした。

「それでは、ごゆっくりお召し上がりください」

そう言うなり、キッチンへ行ってしまった。家族水入らずにしてくれたのだろう。史香と航太、それから和守の遺影だけが、誰もいない店内に残った。

正面の席に置かれた夫の写真は穏やかな顔をしていて、史香と息子を見守ってくれているようだった。

航太は、置いてきぼりを食らった猫みたいな顔をして、テーブルのそばに立ったまま景を見送った。キッチンに連れていってもらえなくて、がっかりしているみたいだ。

その様子がおかしかった。お調子者の息子のことだから手伝いを頼まれて、くろねこカフェの一員になったつもりでいたのかもしれない。

「航太も食べるでしょ？」

「うん」

息子は諦《あきら》めたように頷《うなず》き、史香の隣に腰を下ろした。だが、まだキッチンに未練があるらしく、チラチラと見ている。

そこまでカフェの仕事が気に入ったのだろうか。料理に興味のあるタイプではなかったのに。

不思議に思い、首を傾げていると、航太が史香を見た。息子は、真剣な顔をしていた。その表情を崩すことなく言った。

「今度はちゃんと作るから」

「え？　今度？」

聞き返した声は、自分でもわかるほど戸惑っていた。話の流れからして焼きとうもろこしのことだろうが、それにしては航太の表情が真剣すぎる。おやつの話をしているようには見えなかった。

けれど、焼きとうもろこしの――おやつの話だった。唇を硬くしながら、航太は答えた。

「父さんと約束したんだ」

父子のあいだには、史香の知らなかった会話があった。台所で交わされたものだった。

手術が決まったあと、焼きとうもろこしを二人で作ろうとしたときに、夫が航太に言ったという。

これからは、母さんに慰められるんじゃなくて、おまえが慰めるんだ。母さんが落ち込んでいたら、美味しい焼きとうもろこしを作ってやれ。頼むぞ、航太。

「落ち込んでなんか……」

言い返そうとしたとき、涙が頬を伝い落ちた。せめて航太の前では泣かないようにしていたのに、自分は泣いている。涙を流している。くろねこカフェの黒猫の掛け時計やメニューの書かれた黒板、それから、航太の顔が歪《ゆが》んで見えた。

夫が死んでから何度も泣いた。思い出すたびに涙があふれてきた。航太の病気がわかったときも、不安な気持ちになって泣いた。

親が泣いていると、子どもは不安な気持ちになる。航太の前では泣かないようにしていたのに、どこかで泣いている母親を見ていたのだ。

隣の席から航太の声が続ける。子どもとは思えない落ち着いた声で、何を考えていたのかを教えてくれる。

「おれ、病気になっちゃったじゃん。父さんと同じ頭の病気だったから、きっと、もう駄目で、父さんみたいに死んじゃうと思ったんだよ。そしたら、母さんが落ち込むかなって思って……」

だから、生前予約を――くろねこのおやつを申し込みに行ったのだ。自分の代わりに、焼きとうもろこしを作ってもらおうと思ったのだ。さっき景も言ったように、航太は自分のことより母親を心配していた。

「父さんが同じものを注文していたなんて知らなかったよ。『おまえが慰めるんだ』とか『頼むぞ』って、おれに言ったくせにさ」

何も聞いていなかったことが不満だったらしく、ふたたび子どもらしい声になって口を尖《とが》らせている。

「結局、父さんが慰めてるんじゃん」

「そんなことない。航太にも慰めてもらっているから」

あふれそうになる嗚咽《おえつ》をこらえながら、史香は首を横に振った。それは、本当のことだった。息子の成長にいつも慰められている。航太と一緒に過ごした思い出に、たくさんの勇気をもらっている。生きていく力をもらっている。

赤ん坊のときは、他の子どもよりも小さくて、夜泣きばかりしていた。保育園に入ってからも、女の子に泣かされて帰ってくるような子どもだった。母さん、母さんと甘えてばかりいた。

それがいつの間にか大きくなって、自分のことを「おれ」と呼ぶようになり、一緒にスーパーに行けば、買い物袋を持ってくれる。手術するほどの病気にかかっても、自分のことより母親を気遣ってくれる。

「焼きとうもろこし、ちょっと冷めちゃったね」

残念そうに航太が言った。まだ完全に冷めてはいないだろうが、もう湯気は立っていない。

「冷めても美味《おい》しいわよ。さあ、食べましょう」

「うん」

いただきます。歳を取ることのなくなった和守の写真に手を合わせてから、母子は焼きとうもろこしを食べた。甘くて塩《しょ》っぱい味が口いっぱいに広がった。やっぱり、美味しかった。すごく、美味しかった。

史香の頬に残っていた涙の破片が、テーブルに落ちてどこかに消えた。黒猫の掛け時計の針は、休むことなく動き続けている。

「こちらは、当店からのサービスになっております」

景が食後の飲み物を持って来た。相変わらず静かな声で、聞きようによっては元気がないように感じる。

「失礼いたします」

バカ丁寧に言ってから、ガラスのコップをテーブルに置くと、中に入っていた氷がカランと鳴った。心地よくて、どこか懐かしい音だった。

史香は視線を向けた。透明度の高い黄金色の液体でコップは満たされていた。夏の香りがする。見ているだけで涼しさを感じる。子ども時代を思い出すような飲み物だった。

「冷たい麦茶です」

景がまた静かに言った。彼の母親がやっていたときとの大きな違いは、店で出す飲み物にあった。

かつての店名──『海のそばの喫茶店』からもわかるように、もともとは珈琲《コーヒー》の美味しい店だった。夫が生きていたころに、珈琲を飲みに来たことがあった。そのころ、ハーブティーはなかったような気がする。その後、店主が景に代わってから、身体にいいハーブティーやお茶を出すようになったようだ。

もちろん、コーヒーがなくなったわけではなく、ちゃんとメニューにも載っている。

航太が手術を受けたばかりなので、カフェインが多く含まれているコーヒーを避けてくれたのかもしれない。

麦茶は、身体に優しい飲み物だ。血液をサラサラにする成分であるアルキルピラジンが含まれていて、血液中のコレステロールや中性脂肪を減らす働きがあり、動脈硬化や心筋梗塞《しんきんこうそく》などの生活習慣病の予防に効果的だ。

それに加えて、抗酸化作用のあるポリフェノールが含まれていて、活性酸素による細胞の損傷を防ぐ働きがある。がんや糖尿病などの予防を期待できる。

景も普段から飲んでいるように思えた。病院で会ったとき、航太と同じ科に入っていったことを思い出した。気になったが、余計なことは言わない。ひとには、それぞれ事情があるのだから。

「いただきます」

そう言ってから、冷たいコップを持った。

「航太くんも飲んでください」

「おれ、ジュースのほうがいいんだけど」

「では片付けましょう」

「いや、飲む！　飲むから、持っていかないで！」

航太が慌てている。景には冗談が通じない。本気で麦茶を片付けかねないと思ったのだろう。

「一般的にジュースは糖分が高く、あまり身体によくありません。ときどき飲むのはいいでしょうが、その場合でも適度な量の摂取を心がけてください」

説教を始めている。こんなふうに面倒くさいところもある青年だが、史香は彼に感謝していた。航太が前向きな気持ちで手術を受けたのは、景のおかげだ。いろいろなことを——病気のことを話してくれた。彼は、頭の病気に詳しかった。

「わかった！　わかったから！」

航太が悲鳴を上げている。その傍らで、史香は冷たい麦茶を飲んだ。手の中で、ふたたび、カランと氷が鳴った。夏の味がした。

「ごちそうさまでした」

改めてお礼を言ったとき、景の身体がふいに沈んだ。ゆっくりと、スローモーションの映像を見ているように床に倒れた。くずおれるような、糸が切れたような倒れ方だった。

大丈夫ですか？　史香が大声で聞いても、反応がなかった。景兄ちゃん！　航太がさっきとは違う悲鳴を上げたが、景は返事をしない。頭を両手で押さえるようにして倒れている。

「景兄ちゃんが！　景兄ちゃんが！」

「航太、落ち着いて！」

おろおろとしている息子に声をかけてから、史香はスマホを取り出した。そして電話をかけて救急車を呼んだ。

やがてサイレンが近づいてきても、景は動かなかった。ぴくりとも動かずに、頭を抱えるようにして倒れていた。

第四話

蜂蜜トースト、ふたたび

袖ケ浦ご当地グルメ　ホワイトガウラーメン

酪農発祥の地である千葉県。袖ケ浦市は酪農が盛んで、県内でもトップクラスを誇ります。

そんな袖ケ浦の特産品である牛乳を使用したご当地グルメをつくろうと市内の中華料理屋さんが考えたのが、「ホワイトガウラーメン」誕生のきっかけでした。試行錯誤のスープづくりの中で、しょうがで牛乳のクセを消し、クリームチーズでまろやかなコクを出すことに成功。平成23年2月に開催された「袖ケ浦ご当地グルメ王座決定戦『袖-1グランプリ』」で見事優勝しました。

純白のスープが特徴の、袖ケ浦市マスコットキャラクター「ガウラ」を名前に冠した「ホワイトガウラーメン」は、袖ケ浦を代表するご当地グルメです。

（袖ケ浦市観光協会「袖ケ浦NAVI」より）

その日は友引で葬儀の施行もなく、事前相談の客もいなかった。多くの火葬場は友引にやっておらず、それに合わせて休みにしている葬儀会社もあるくらいだが、メモリアルホール谷中は営業していた。

友引でも死ぬ人間はいるし、書類仕事をする日も必要だからだ。定休日を作らず、社員たちはシフトを組んで交代で休むことになっている。父が社長だったころから、そういうルールで動いていた。

ただ、友引に出社する社員は少なくしてある。葬儀の施行がないのだから、それほど人員はいらない。アルバイトは全員休みだ。風花自身も、午後五時であがるシフトになっている。

「お嬢さんがいれば安心ですからねえ」

嫌みったらしく言ったのは、もちろん岩清水である。例によって、社長とは呼ばない。

「では、わたしは友引を定休日とさせていただきます」

そんなことも言っていた。家族サービスをするとも言っていたような気がする。彼には、家族がいた。妻と中学生になる娘がいるという。

その娘と会ったことはなかったが、きっと岩清水は嫌われているだろう。好かれるわけがない。何しろ、この世の全女性に嫌われていそうな男なのだから。

とにかく岩清水はいない。それだけで気持ちが楽だった。嫌みな男のいない会社は心地いい。たまっていた書類仕事も捗《はかど》った。

そのおかげもあって、あっという間に時間が経った。午後四時半をすぎたころ、風花と交代で勤務することになっている的場が顔を出した。いつもの調子で挨拶《あいさつ》してきた。

「お疲れ」

「お疲れさまです」

挨拶を返し、引き継ぎの準備にかかるが、伝えておかなければならないことは何もなかった。日誌を見れば、だいたいのところはわかる。そうでなければ日誌の意味がないのだから当然だ。

的場もそのことを承知していて、風花にこう言った。

「ちょっと早いけどあがったら」

「そうさせてもらおうかな」

不規則で忙しい仕事だけに、休めるときには遠慮しないことにしていた。いくら若くても休みは必要だ。

また、メモリアルホール谷中に勤めているのは、岩清水のような図々《ずうずう》しい社員ばかりではない。むしろ真面目な社員やアルバイトが多かった。社長である風花が休まないと、社員も休みにくくなってしまう。

「それでは、お先に失礼します」

「どうぞ、どうぞ」

ふざけた調子で退社を促す的場の声を聞きながら、風花は帰る準備を始めた。早くも仕事から頭が離れていた。食べ物のことを考えていた。

会社を出たあと、ご当地ラーメンとして人気のホワイトガウラーメンを食べに行こうと思っていたのだ。自炊しない代わりというわけではないけれど、風花は美味《おい》しいお店を知っていた。

ホワイトガウラーメンは袖ケ浦市特産の牛乳やクリームチーズを使っていて、一度食べると癖になると評判だ。観光客だけでなく、地元民の支持も受けている。風花の大好物でもあり、週に一度は必ず食べている。

そんなふうに、いつもと変わらない一日のはずだった。当たり前のように終わっていく普通の一日のはずだった。

けれど、もう、この時点で世界は変わってしまっていた。一本の電話が、そのことを風花に教えてくれた。

荷物を持ちかけたとき、デスクの電話が鳴った。ディスプレイに目を落とすと、「山田史香さま」と表示されている。

電話番号が登録されているのは、メモリアルホール谷中で家族の葬式を出したことがあるからだ。また、五月に生前予約の相談に来た少年の母親でもある。今日、くろねこのお茶会が開かれているはずだ。ほんの数時間前に、メモリアルホール谷中に挨拶に来ていた。

業者以外からメモリアルホール谷中にかかってくる電話は、多くの場合、誰かが死んだという知らせだ。

「おれが出ようか」

「大丈夫です」

風花は電話を取ろうとする的場を制し、受話器を手に取った。

「メモリアルホール谷中です。お電話ありがとうございます。担当の谷中がご用件をお伺いいたします」

すると、慌てた女性の声が聞こえてきた。

「も、もしもし、風花さん？　風花さんですか？」

名乗ることさえ忘れているようだ。

「は……はい。谷中風花です」

返事をしながら、やっぱり不幸があったのかと暗い気持ちになった。航太の顔が脳裏に浮かんだ。

数日前にも、ついさっきも、航太の母親——山田史香と話していた。手術は成功だったと聞いていたけれど、腫瘍《しゅよう》ができた場所が頭だけに心配していた。職業柄、突然、体調が悪くなって倒れる例を見ている。ひとは簡単に死んでしまうことを、風花は知っていた。

だが、そうではなかった。体調が悪くなったのは、航太ではなかった。

「お兄さんが……。景さんが倒れたんです」

ふいに史香の声が遠くに聞こえた。

「景兄が——」

誰かが呟《つぶや》いた。風花自身の声だったが、その声も遠くて、言葉を発したことに気づかなかった。

息苦しくて、呼吸が上手《うま》くできない。胸がずしんと重くなり、そのくせ心臓の鼓動は加速していく。喉《のど》が詰まって、視界が曇っていく。

そのあいだも、史香の話は続いた。兄が倒れたのだった。くろねこカフェで倒れて、救急車で運ばれた。意識を失っているという。

葬儀会社の日常は、急な出来事の連続だ。いきなり呼びつけられることは珍しくなく、迅速に行動することが求められる。

けれど、風花は動けなかった。兄が倒れたという知らせを聞いて金縛りにあったみたいに固まっていた。受話器を持ったまま、言葉を返すことさえできない。

「代わろう」

隣から声が聞こえた。いつの間にか、的場がそばに立っていた。話を聞いていたようだ。風花は、機械仕掛けの人形のように受話器を渡した。何も考えることができなかった。

的場が史香と話し始める。短く会話を交わして、すぐに電話を切った。それから風花に言った。

「病院に行くぞ。おれが運転する」

それから、会社にいたスタッフに声をかけ、風花を引っ張るように駐車場に連れて行った。

的場の自動車は、黒のSUVだ。国産だが、まだ新しく車内は広々としている。的場はドアを開けて風花に言った。

「そこに座れ」

返事もせずに助手席に座った。風花は、何も言わなかった。何も言えなかった。的場も口を閉じて、自動車のエンジンをかけた。ＳＵＶが滑らかに走り出した。メモリアルホール谷中から離れていく。

病院に向かう道は空《す》いていた。自動車を運転しない風花だけど、この道は知っていた。葬儀の依頼を受けて、遺体を迎えにいくときに通る道だ。毎日のように通っていると言っていい。

けれど、もっとも強く記憶に残っているのは、両親が死んだときのことだった。風花の父母は交通事故に遭ったあと、この病院に運ばれている。ほとんど即死だったというが、両親の顔に目立った外傷はなかった。まるで眠っているようだったことをおぼえている。

風花は泣きながら、両親を呼び、手を握り締めた。どんなに強く握っても、何の反応もなかった。擦《さす》っても、引っ張っても動くことがない。手を離すと、壊れてしまった人形のように、だらりと落ちた。風花の隣では、景が唇を噛《か》んでいた。固く、固く、血が滲《にじ》むほどに噛んでいた。

悪い夢を見ているようだった。その夢は、今も続いている。そして、この悪夢は二度と醒《さ》めない。

何分か走ったところで、的場が口を開いた。ハンドルを握りながら、風花に言ってきた。

「黙っていて、すまなかった」

何を謝っているのかわからなかった。自分は、何かを聞き逃したのだろうか。声を出す気になれなくて、助手席から的場の整った顔に目をやった。いつもと同じ表情にも見えるし、苦悩が滲んでいるようにも見える。

そのまま何秒かが過ぎ、ふたたび的場が口を開いた。

「おれは、景の病気を知っていたんだ」

「病気？」

ようやく声が出た。風花はおうむ返しに呟いた。自分のものとは思えないくらいに掠《かす》れていて小さかったけれど、彼には届いた。的場は小さく頷《うなず》き、視線を前に向けたまま話し始めた。

「そうだ。社長たちが——景と風花の両親が事故に遭う三ヶ月前のことだ。景が倒れたことがあっただろ？」

「……うん」

ちゃんとおぼえていた。倒れて病院に運ばれたことがあった。

「でも、風邪だったって」

そう聞いていた。たいしたことはない、と景本人も両親も言っていた。風花は、その言葉を疑いもしなかった。ちゃんと検査をして、大丈夫だということになったのではなかったか。

「風邪じゃなかった」

「え……」

また、息苦しくなった。声を出すことができない。感情のない声で、的場が風花の知らなかったことを話した。

「病院での検査の結果、脳に腫瘍が見つかった」

「腫瘍……」

そう呟くのが、やっとだった。航太と一緒だ。死んでしまった航太の父親とも一緒だ。

風邪くらいで検査をするなんて大げさだと思いはしたが、重い病気に冒されているとは考えもしなかった。

その腫瘍は、手術するのが難しい場所にあったという。無理に手術をするのは危険だった。

「とりあえずだが、薬物治療をしながら様子を見ることになった」

風花は、何一つ知らなかった。当たり前だが、医者はわざわざ連絡してこない。この場合、両親に病状を説明しているし、景も成人しているので、なおのことだ。このまま何もなければ、風花は知らないままだっただろう。

「薬物治療は楽じゃない」

精神的にも肉体的にも負担がかかる。あまりの辛《つら》さに、投げ出してしまう者も少なくないほどだ。同じマンションで暮らしながら、風花は景が苦しんでいることに気づかなかった。

また、両親や的場たちが、メモリアルホール谷中の社長に風花を推した理由もわかった。手術が難しいほどの腫瘍を抱えた身体で、しかも薬物治療を続けながら、不規則で重労働の葬儀会社の仕事ができるはずがない。その点、一人でやるカフェなら、ある程度の自由が利く。だが。

「どうして……」

囁《ささや》くような声になってしまった。声が小さすぎる。これでは、的場に届かない。風花は、無理やり声を押し出した。

「どうして、教えてくれなかったの？」

怒ったような声になってしまったが、実際に平静ではなかった。的場は知っていたのに、風花は知らなかった。あとにも先にも二人だけのきょうだいなのだ。話すべきだと思うし、知っておきたかった。景にしても的場にしても、なぜ黙っていたのかわからない。

景が病気だと知っていれば、自分が葬儀会社の社長になることに納得できた。悩むこともなかった。もっと兄に気を使うことだってできた。きょうだいの間に溝ができることもなかったはずだ。

「口止めされたからだ」

誰に、とは聞かなかった。聞かなくてもわかる。景がそう言ったのだ。兄は、的場だけでなく両親にも口止めしていた。

そこまでは想像できた。だが、その理由がわからない。風花にだけ秘密にしていた理由がわからない。

「だから、どうして？」

「妹に心配かけたくなかったんだろうな」

的場は答えた。兄の気持ちを知っているようだった。風花が何か言うより先に、静かな口調で言葉を付け加えた。

「ずっと黙っているつもりはなかったと思う。ちゃんと話すつもりでいたはずだ」

けれど、そうしているあいだに、両親が事故で死んだ。風花は落ち込み、兄の話を聞くどころではなかった。また、病状が悪かったということもある。

「薬物治療をしているとはいえ、場所が場所だ。医者にも、『万が一のことがないとは言えない』と言われている」

「万が一のこと……」

その意味するところは明白だった。命の危険があるということだ。病状としては、航太よりも彼の父親に近いのかもしれない。

「正直なところ、薬物治療はあまり上手《うま》くいっていない。医者からは手術を考えておくように言われたそうだ」

くろねこカフェのお茶会の予約が一段落したら、手術を受けるために入院する計画があったようだ。

風花は、パソコンのスケジュールを思い出す。真っ白な予定表が思い浮かぶ。くろねこのお茶会の予約は、もう入っていなかった。くろねこのおやつの予約を、なるべく引き受けないようにしていた。

「倒れてしまった以上、手術をすることになるだろうな」

景や医者から事前に話を聞いていたらしく、的場はそう断言した。成功率が五割にも満たない手術だという。仮に成功しても、もとのように動けるかはわからない。手足に障害が残る可能性もあった。

気づいたときには、身体が震えていた。こんなに暑いのに、真冬の道路に放り出されたみたいに震えている。自分の両腕を抱きかかえるようにして震えを止めようとしたけれど、止まらなかった。

そして、ようやく気づいた。

――怖いんだ。

自分の気持ちに気づいた。兄がいなくなってしまうことが、景の消えた世界に取り残されることが、寂しくて怖いのだ。

自分で思っていたよりもずっと、兄が大切だったらしい。独りぼっちになることを恐れているらしい。

このまま兄は死んでしまうかもしれない。もう一緒に過ごすことはできないかもしれない。

風花は、両親が死んだときのことを思い出す。あのとき、取り戻すことができないとわかって初めて、失ったものの大きさに気づいた。ひとの命が有限だと知った。

「わたし、どうしたらいいんだろう」

呟《つぶや》いた声は、迷子になった子どものように幼いものだった。的場が、進行方向に視線を向けたまま答えた。

「できることをやればいい。しょせん、人間のできることは限られている。神さまにはなれない」

言葉は素っ気なかったが、彼の声は優しい。風花の心に話しかけてくる。真摯《しんし》に言ってくる。

「おまえのできることをやって、景を助けてやってくれ。妹にしかできないことがあるはずだ」

「わたしにしかできないこと……」

ここで会話は途切れた。

やがて病院が見えてきた。両親の命を救ってくれなかった病院は、大きな柩《ひつぎ》みたいだった。

これから、景の手術が始まる。風花は、両手を強く、強く握り締めた。

◯

くろねこカフェで倒れてから何日かが経った。手術が終わり、景は病院のベッドに横たわっている。的場が手配してくれた個室に入院していた。

手術が成功したのかはわからないが、とりあえず死なずに済んだ。まだ身体を起こすことはできない。以前のように動けるようになるのかもわからなかった。リハビリをすれば、日常生活は送れるようになるというけれど、どこまで本当のことなのかはわからない。医者は慰めを口にするものだ。的場だって気を使っている。

病室には、自分の他に誰もいない。例の感染症がまだ流行《はや》っているせいもあって、全体的に見舞いや外来の患者も少ないらしく、病院全体がひっそりとしていた。静かだった。

換気のために窓が開いていて、遠くに海が見えた。とんびが、その海の遙か上空を舞っている。ときどき、ピーヒョロロロ……、ピーヒョロロロ……と鳴き声が聞こえてくる。

そんな窓の外の風景を見ることもなく、景は独り言を呟いた。

「これで二度目か」

少し掠《かす》れてはいたが、ちゃんと呟くことができた。舌ももつれていない。手術が成功したというのは、あながち嘘ではないのかもしれない。切開した違和感らしきものはあるけれど、頭は痛くなかった。

二度目というのは、倒れて病院に運ばれた回数だ。初めて倒れたときのことは、記憶に刻まれている。

○

両親が生きていたころの話だ。景は、急に頭が痛くなって意識を失った。暗い闇に落ちながら、死を覚悟した。それほど苦しかったし、目の前は真っ暗だった。二度と明るい場所に行けないような気がした。

どうにか死なずに済んだが、治ったわけではない。手術することさえ難しいと言われ、薬物治療が始まった。

退院して家に帰っても、今まで通りではいられなかった。病気が怖かった。死ぬことが怖かった。そして、薬物治療は辛《つら》かった。妹の前では平常心を装っていたけれど、風花がいないときには気持ちが乱れた。両親に当たったこともある。泣いてしまったこともある。

自分の将来が不安で仕方なかった。そもそも将来と呼べるほどの時間を生きられるかもわからない。絶望感に打ちひしがれ、捨て鉢な気持ちになっていた。

その日も、自分の部屋で落ち込んでいた。ベッドから起き上がる気にもなれず、横になっているとノックが鳴り、母の声が聞こえた。

「ちょっといい？」

景の返事を待ってドアが開き、母が部屋に入ってきた。そして、前置きなしに用件を切り出したのだった。

「くろねこカフェを手伝ってほしいの」

「手伝う？」

　聞き返したのは、これから手伝いに来てほしいという意味なのかと思ったからだ。病気が見つかる前は、よくカフェを手伝っていた。だが、違った。一時的な話ではなかった。

「そう。仕事をおぼえてほしい」

　母は頷《うなず》き、言葉を重ねる。

「いつか、あなたにくろねこカフェを任せたいの」

　父や風花の姿はなかった。ただ、このことは父も承諾していたようだ。夫婦で話し合って、景にくろねこカフェを継がせようと決めたらしい。

「そうなるよね」

　力なく言葉を返した。メモリアルホール谷中を継ぐつもりで生きてきたが、重い病気を抱えた身では葬儀店の仕事は無理だ。異なる業種を一概に比較することはできないが、肉体的にも精神的にもカフェの仕事のほうが負担は少ないだろう。

　また、カフェの仕事を軽く見ていたのも事実だった。病気の自分を慮《おもんぱか》って、楽な仕事を回してくれたのだと思った。

「やってくれる？」

「うん。いいよ。だって、それくらいしかできないからね」

今なら、母に甘えていたんだとわかる。投げやりなことを言って、親を困らせたかったのかもしれない。母は、景がメモリアルホール谷中で働くつもりでいたことを知っている。

慰めてほしかった。慰めてくれると思っていた。元気になったら葬儀会社を継げるから、と言ってくれると思った。しかし、その予想は外れる。母は、景の拗《す》ねた言葉に頷いたのだった。

「そうね」

まさか肯定されるとは思わなかった。母の顔を見ると、凪《な》いでいる海のような穏やかな表情をしていた。景を慰めているのでもなければ、叱っているのでもない。ただ本当のことを言っているだけのような顔をしていた。

「あなたにしかできない仕事よ」

それくらいしかできないのではなく、自分にしかできない仕事。似たような言葉なのに、ニュアンスが違う。

「おれにしかできない仕事？」

「うん」

母はふたたび頷き、景の顔をまっすぐに見た。それから、力強い声で——バトンを渡すように続けた。

「あなたにならら、くろねこのおやつを任せることができる」


「くろねこのおやつ？　生前予約のオプションでやっているやつのこと？」

景は聞き返した。カフェや葬儀会社の仕事を手伝ったことがあると言っても、買い物や掃除のような簡単な雑用だけで、客のプライバシーがかかわる生前予約には触れたことがなかった。

折り込み広告を見たことがあるので、名前と概略くらいは知っていたが、詳しい知識はない。

ただ、チラシに書かれた文言はおぼえている。


あなたなら、最後のおやつに何を用意しますか？


どんな人間でも、永遠には生きることができない。ひとは死んでしまったら終わりだ。あの世というものが存在するのかはわからないが、少なくとも、この世界にはいられなくなる。つながりの糸は断たれ、二度と話せなくなる。

けれど、思いは残る。優しい思い出を残してくれる。くろねこのおやつは、その手伝いをする。くろねこのお茶会は、この世にいない人間の思いを伝えるものだ。軽い仕事ではなかった。

——死者と生者をつなぐカフェ。

母がどんなつもりで、景に任せようとしたのかはわからない。聞いても、はぐらかされた。

病気になった息子への同情だったのかもしれないし、いつ死んでも不思議がない景だからこそ、生きている者へ心を込めて提供できると思ったのかもしれない。

「やってみようかな」

どうして、そう答えたのかはわからない。だが、そう答えたときには、くろねこカフェで働こうと決めていた。

「でも、おれにできるかなあ」

不安になった。飲食店には、葬儀会社とは違う種類の苦労があるだろうし、死者と生者をつなぐ役割は重い。薬物治療を続けながら、死の影に怯《おび》えながら、くろねこのおやつを提供するのは簡単なことではあるまい。

「いきなりは無理でしょうね」

だけど、と母は続ける。包み込むように優しい声で言った。

「あなたには、わたしがいるから。教えてあげるから。慌てなくていいから、少しずつやっていきましょう」

カフェの仕事を——死者の思いを伝える方法を、ゆっくり時間をかけて景に教えるつもりだったのだろう。

けれど、そんな暇はなかった。景の病気が見つかった三ヶ月後、両親は死んでしまった。

この世から消えてしまった。

○

大切なひとがいなくなっても、両親が不慮の死を遂げようとも、時の流れは止まることがない。生者は、前に進んでいかなければならない。自分の命が終わるまで生きていかなければならない。

ましてや景は、母からバトンを受け取っている。ゴールがあるのか――次の走者がいるのかわからないけれど、全力で走らなければならない。母の作った店を潰《つぶ》すわけにはいかないし、くろねこカフェをやることが、両親の遺志のように思えた。父母が出会った場所でもあるのだから。

決心は揺るがなかったが、いざ一人で店を開けてみると、苦労の連続だった。まず何より競合が激しい。

スターバックスなどの大手チェーン店だけでなく、コンビニやファミレス、ファストフード店でも美味《おい》しいコーヒーやスイーツを食べることができる。有名でもない個人経営のカフェに足を運んでもらうこと自体が難しかった。

そのためには魅力的なメニューを開発する必要があるが、使える予算は限られている。つまり、売上げとコストのバランスを取りながら、経営しなければならない。その点でも景は素人だった。

くろねこカフェ特有の問題もある。あの世に旅立った者の思いを、生きている人間に伝えなければならない。聞いたことのない食べ物を注文されても断ることはできず、〝その日〟までに作れるようになっておく必要があった。

普通のお菓子を作るのだって簡単ではないのに、最後のおやつを用意しなければならないのだ。

母の残したレシピノートや料理の本、ウェブサイトを見ながら必死に作り方を学んだ。寸暇を惜しんで練習した。合間を見つけてスイーツを作った。

黒い服を好んで着ていたのは、料理の油ハネや水ハネを目立たなくするためだ。エプロンをしていても跳ねることがあった。黒は小麦粉などの汚れは目立ったが、黄ばみは目につかなくなる。

また、黒い服を着ることで病気を隠そうとしていたのかもしれない。黒い服を着ると、顔色が悪く見えるともいう。黒い服を着ているせいで、顔色が悪いと思ってもらいたかった。

もちろん、いつまでも誤魔化せはしないだろう。薬物治療は上手《うま》くいっていなかった。病気は進行していて、頭痛を頻繁に感じるようになった。少しでも体調を整えようとハーブティーを飲むようになったが、焼け石に水程度の効果しかない。

いずれ手術を受けなければならない日が来るだろう。カフェの仕事を続けることができなくなるどころか、命さえ危うい手術を受けなければならない。

両親が死んでしまった今、景が病気だと知っているのは、的場とメモリアルホール谷中の古参の社員たちだけだった。風花と反りの合わないらしい岩清水も知っていて、心配してくれている。

「風花に話しておいたほうがいいんじゃないのか」

「わたしもそう思います。お嬢さんは、あれで傷つきやすいですからね」

的場や岩清水にそう言われたことがある。両親も、風花に話そうとしていた。景はそれを止めた。黙っていてほしい、と頼んだ。

妹に心配をかけたくなかった。同情されたくなかったし、兄として強がる気持ちもあった。言ってしまえば、つまらない見栄《みえ》だ。

父母が死んでからは、いっそう話せなくなった。父母の死で傷つき、慣れない葬儀会社――それも社長の仕事でいっぱいいっぱいになっている風花に、これ以上、ストレスをかけたくなかった。重荷を背負わせたくなかった。

マンションで顔を合わせなかったのは、活動する時間帯の違いもあるが、景が避けていたからだ。病気だと気づかれたくなかった。顔を合わせれば、それだけ気づかれる可能性が高くなる。

もちろん、いつかは話さなければならない。自分が死んだあとのことを託しておかなければならない。それこそ葬式の生前予約をしておかなければならない。

だから、中野順子のお茶会を開いたとき、風花に病気のことを話そうと思った。だけど話せなかった。どうしても言葉にならなかった。そして、倒れた。妹に何も話していない状態で倒れてしまった。

何も知らなかった風花は、きっと傷ついただろう。手術した当初こそ顔を出してくれたが、ここ数日は見舞いに来ていない。社長の仕事が忙しいのかもしれないし、病気を隠していたことを怒っているのかもしれない。

「当たり前だよな」

誰もいない病室で、誰にも届かない声で呟《つぶや》いた。何度も何度も呟いた。何も話さなかったことを——話せなかったことを後悔する。

窓の外では、太陽が照っている。カーテンを閉めなくても、それほど眩《まぶ》しくなかった。夏が終わろうとしていた。

景は、くろねこカフェの裏庭――ハルカのお墓のそばに植えた花を思い浮かべた。もう、向日葵《ひまわり》は枯れてしまっただろう。

子どものころに風花が植えた向日葵を育てていたのは、景だった。墓守になったつもりで向日葵の世話をしていた。

向日葵は育てやすい植物だが、勝手に生えてくるわけではない。水をやり花を咲かせ、翌年のために種を保存して、春の暖かい日に種をまく。十年以上もそれを繰り返していた。

だが、それも終わりだ。向日葵の種を収穫することはできそうになかった。

○

秋になり、景はリハビリを始めた。右足に麻痺《まひ》が残り、少し歩きにくい感じはあるものの、覚悟していたほどの後遺症はなかった。手術を受ける前に頻繁にあった頭痛も減った。

ただそれは現時点では後遺症が出ていないというだけで、今後、身体が動かなくなる可能性もあるようだ。再発する恐れもある、と医者に言われていた。

手術をして成功したけれど、寛解はしていない。この先、治ることがあるのかもわからなかった。爆弾を抱えたようなものだった。

——この町から出ていこう。

景は改めて思った。ずいぶん前から決めていたことでもある。病院から出たら、この袖ケ浦市から離れるつもりでいた。

風花のお荷物になりたくない。近くにいれば、きっと妹に甘えてしまう。彼女の人生を邪魔したくなかった。

また、風花の目の前で死にたくなかった。できるだけ遠くで死んだほうが、妹の受けるショックも少なくなるだろう。

だからこそ、リハビリはしなければならない。ちゃんと動けるようにならなければならない。一人で日常生活を送って、仕事を見つける必要があるのだから。

今の景は無職だった。くろねこカフェのマスターではなかった。的場に頼んで、くろねこカフェは閉めてもらった。閉店だ。もう二度と、あの店に明かりが灯《とも》ることはないだろう。

母から受け取ったバトンをつなぐ相手はいなかった。

◯

季節が、また一つ通りすぎていった。秋はあっという間に終わった。そして、景のリハビリも終わった。

退院の日、袖ケ浦市に初雪が降った。ささやかな雪片が、病室の窓の外を舞っていた。風花《かざはな》と呼ぶのを躊躇《ためら》うほど小さな氷のかたまりだった。積もることなく消えていく。やんでしまえば、降っていたことさえ忘れてしまいそうな微少な雪だった。

景は外の景色を眺めることもなく、荷物をまとめていた。三時間後に病院を出ることになっている。

やっぱり、妹は来ないようだ。リハビリのあいだに、何度か顔を出してくれたけれど、ほとんど話さずに帰っていった。

病気を黙っていたことを――風花にだけ秘密にしていたことを、まだ怒っているのかもしれない。悲しんでいるのかもしれない。退院の日時を知っているはずだが、何の音沙汰《おとさた》もなかった。

そんなことを考えていると、病室の扉がノックされた。ドアは開けっぱなしになっている。

景は視線を向けた。的場が立っていた。メモリアルホール谷中の文字が入った紙袋を持っている。

「元気そうだな」

いつもの軽い調子で話しかけてきた。わざと軽い調子を心がけているようでもあった。

相変わらず細身のダークスーツを着こなしていて、昔の映画に出てくるチャイニーズマフィアのような顔をしているけれど、気のいい男だ。冷淡そうに見えて、面倒見がいい。自分も妹も、的場には世話になっていた。忙しいだろうに、ちょくちょく見舞いにも来てくれる。

「おかげさまで」

言葉少なに礼を言った。的場は、景が袖ケ浦市から離れようとしていることを知っている。

改めて風花のことを頼もうとした。だが、景がその言葉を口にするより早く、的場が紙袋を押し付けるように突き出してきた。

「最後の見舞いだ」

景のために持って来てくれたもののようだ。

「見舞い？」

聞き返しながら、メモリアルホール谷中の文字が入った紙袋を受け取った。ずっしりと重かった。中をのぞくと、水筒とサンドイッチケースが入っていた。弁当にしか見えない。

「手作りだ」

「おまえが作ったのか？」

見かけによらず器用な男で、料理もそつなくこなす。学生時代、的場はくろねこカフェでアルバイトをしていたこともあった。コーヒーを淹《い》れるだけでなく、スイーツやランチを作る手伝いもしていた。

筋がいい、と母が褒めていたことを景は思い出した。的場なら、弁当くらい簡単に作るだろう。

だが、そうではなかった。的場は即座に否定した。

「まさか。手伝いはしたがな」

「手伝い？」

短く問い返すと、今度は小さく頷《うなず》いた。

「ああ、そうだ。風花が作ると言い出した」

「妹が？」

景は少し驚いた。妹が何かを——しかも、兄のために作っている姿を想像できなかったからだ。

「大丈夫だったのか？」

「いや、大丈夫じゃない」

言葉を濁さずに的場は答えた。

「だから手伝った。見ていられなくてな。本人は、黒ごまのプリンを作るつもりだったようだがな」

その言葉を聞いて、景の脳裏に思い浮かんだおやつがあった。もう何年も食べていないのに、はっきりと思い出すことができる。名前もおぼえている。忘れることのできない名前だ。

黒猫ハルカのプリン

母お手製の、卵黄を使わず、黒ごまと牛乳、生クリーム、蜂蜜《はちみつ》などで作ったプリンの名前だ。

かつての飼い猫・ハルカにちなんだスイーツで、『海のそばの喫茶店』と看板を出していたころからの人気メニューだった。思い出のおやつでもあった。いつまでも景の心の奥で温かく輝いている。

けれど、母が死んでから封印していた。くろねこカフェのメニューには載せていない。

どうがんばっても、景では同じ味を出せなかったからだ。素材もレシピもシンプルなだけに、作り手の技量が出る。ろくに料理をしたことのない風花に作れたのだろうか？

「残念ながら、違うものになった」

的場が紙袋をふたたび手に取り、サンドイッチケースを出して開けた。だが、その中に入っていたのは、サンドイッチではなかった。パンはパンだが、何も挟んでいない。代わりに甘いにおいが鼻に届いた。

「蜂蜜トースト？」

「そうだ。袖ケ浦市の百花蜜を使っている。冷めてしまったけどな」

的場は頷き、水筒のカップにまだ温かい液体を注いだ。それは美しい黄金色をしていた。湯気が立ちのぼり、甘い花の香りがした。

「カモミールティーだ」

教えてもらわなくてもわかった。ちゃんとおぼえている。蜂蜜トーストとカモミールティーは、風花に用意したくろねこのおやつだった。中野順子の注文を受けて、景が作り、きょうだいだけでお茶会を開いた。

あのとき、景はこんな台詞《せりふ》を口にした。落ち込んでいる風花にこう言った。

独り暮らしだからって、孤独なわけじゃない。ひとは望まないかぎり、独りぼっち

にはならない。

偉そうに説教をした。今になると、その言葉がブーメランのように景の心に突き刺さる。病気を理由にして、きょうだいのあいだに溝を作ってしまった。

「これでいいだろう」

蜂蜜トーストとカモミールティーをテーブルに並べ、的場が一仕事を終えたように呟《つぶや》いた。わざわざ持って来たらしくフォークとナイフが添えられている。小さな病院のテーブルいっぱいに、風花の作ったおやつが広がっている。

「こいつも預かってきた」

的場は言い、洒落《しゃれ》た雰囲気の封筒をテーブルに置いた。くろねこカフェで使っているものと似た感じのデザインだが、色が違っている。真っ白な封筒だった。印刷された文字で、景の名前が書かれていた。自分宛ての手紙のようだ。

「風花からか？」

「読んでみればわかる」

素っ気なく言われて、景は白い封筒を手に取った。すると、白猫のイラストが描かれた可愛らしいカードと便箋《びんせん》が入っていた。

カードは招待状だった。そして、そこには、景のよく知っている文章が手書きで書かれていた。

谷中景さま

このたび、しろねこカフェでお茶会を開催することになりました。

お忙しいとは存じますが、お時間を割いていただければ幸いです。


なお、お茶会にはしろねこのおやつをご用意して、心よりお待ちしております。


「しろねこカフェ？　しろねこのおやつ？」

思わず言った。そこだけ、くろねこカフェで出しているお茶会の招待状の文面と違っている。

「間違えたんじゃないのか」

的場が他人事《ひとごと》のように言った。こんな間違いをするはずがない。何もかもを知っていて、適当なことを言っているのだ。これが何なのかと問い詰めても、惚《とぼ》けるつもりだとわかった。

しろねこと言われて思い浮かぶのは、やはり妹の顔だ。景が黒猫のイメージなら、風花は白猫だった。また、入院している自分宛てに招待状を書くなんて、妹のやりそうなことでもあった。

けれど、筆跡が違っていた。風花の字ではない。明らかに、子どもの字だった。小学校低学年の男の子が書いたように見える。

最後に、三つの名前が並んでいた。

谷中風花
小峰夕莉
山田航太

「そういうわけだ。おれは帰る。じゃあな」

ろくに説明もせずに的場が病室から出ていった。景は呼び止めることもできず、じっと招待状を見ていた。

○

それから三十分後……。

内房の海辺にも、積もることのない雪が降っていた。柔らかな白い羽根が、空から舞い降りてきているようだった。すぐに溶けてしまうので、手のひらに雪を受け取ることもできない。

そんな雪の中、くろねこカフェに明かりが灯《とも》っている。景がいなくなり閉店したはずなのに、ひとの気配があった。

風花だ。ホワイトジーンズに純白のエプロンを付けて、くろねこカフェのキッチンに立っていた。

いや、くろねこカフェではない。店の名前が違う。白猫をかたどったプレートが入り口のドアにかけてあって、洒落た飾り文字でこう書かれている。

しろねこカフェ
本日は貸し切りです。

わざわざ作ったものだった。景がいない店は『くろねこカフェ』ではないので、こんな名前のプレートを用意した。ちなみに命名したのは的場だ。店の鍵《かぎ》を風花に渡しながら言った。

「黒猫と白猫のきょうだいだからな」

「誰が猫のきょうだいよ」

言い返しながら納得していた。景も自分も猫のイメージがある。猫顔だと言われたことは、一度や二度ではなかった。母の顔立ちもそうだったから似たのだろう。

しろねこカフェ

悪い名前ではない。白猫のプレートも、微笑んでしまいそうになるくらい可愛らしい。だが、風花の顔に笑みはなかった。笑えなかった。どうしようもなく追い詰められていた。

兄が倒れてから、風花は社長の仕事の合間を縫うようにカフェに来ている。最初にキッチンに入ったとき、あまりの綺麗《きれい》さに驚いた。

くろねこのお茶会の途中で倒れて救急車で運ばれたのに――急なことだったはずなのに、カフェは片付いていた。まるで自分が倒れることを予想していたかのように綺麗だった。

他にも驚いたことはある。キッチンの壁にコルクボードがかけられていて、メニューや買い物メモと一緒に、一枚の写真が貼ってあった。

それは、幸せそうな家族写真だった。まだ若い三十代のころの父と母、そして小学生の景と風花、黒猫のハルカもいた。向日葵《ひまわり》の咲く海辺で笑い合っている。撮ったことさえおぼえていない、ずっと昔の写真だ。

景は、この家族写真を見ながら料理やスイーツを作っていたのだ。そんな兄の姿が思い浮かび、涙があふれそうになる。また、泣いてしまいそうになる。風花は慌てて涙を呑《の》み込んだ。泣いている場合ではない。

今日、兄が退院する。迎えに行かなかったのは、わざとだ。病気を黙っていたことを怒っているわけではない。悲しい気持ちにはなったけれど、怒ってはいない。ただ、自分の意志で、このカフェに帰ってきてほしかった。

「町から出ていくつもりみたいだ」

と、的場は言っていた。風花のお荷物になりたくない、と景が思っていることも教えてくれた。迷惑をかけないように、どこか遠くで、ひっそりと暮らそうとしているようだ。手術は成功したが、寛解はしていない。いつ再発するかわからない。爆弾を抱えているようなものだとも言った。

兄の気持ちは痛いほどわかった。両親が死んだとき、景も自分も落ち込んだ。二度と立ち上がれないと思ったくらいだ。まだ、その傷も癒《い》えていないのに、きょうだいの死に直面するのは酷だ。風花が兄の立場でも、どこか遠くへ行こうとしたかもしれない。

だけど、どこかに行ってほしくなかった。この町にいてほしかった。そして、くろねこのおやつを作り続けてほしい。そんな思いを込めて、どこにも行かないでと願いながら、しろねこのお茶会の招待状を的場に渡してもらった。兄は、病室で招待状を読んでくれたらしい。

くろねこカフェが死者と生者をつなぐものなら、しろねこカフェは生者と生者をつなぐものだ。きょうだいの溝を——兄と自分をつなぎたかった。そんな気持ちを込めて、黒猫をかたどったプレートをキッチンの抽斗《ひきだし》にしまい、白猫のプレートをドアにかけた。

だが、選ぶのは兄だ。自分の意志で進む道を選んで欲しい。一度しかない兄の人生なのだから——。

……と、風花が思慮深く物思いに沈んでいると、デリカシーの欠片《かけら》もない男子小学生が話しかけてきた。

「風花姉ちゃん、ここで現実逃避しないでくれる？　まあ、現実を見たくない気持ちはわかるけどさあ」

がきんちょのくせに、一丁前に呆《あき》れた声を出している。しかも、ため息混じりであった。カフェのキッチンにいたのは、果たして風花だけではなかった。

「どうするつもりなの？」

がきんちょは、本当にしつこい。世の中が思い通りにいかないことを知らないからだろう。

そんな世間知らずな男子小学生を、女子高校生が注意した。

「航太くん、あんまり追い詰めちゃ駄目だよ」

何か、気を使われている。この男子小学生は山田航太で、女子高校生は小峰夕莉であった。

「現実逃避なんかしてないし、追い詰められてもいないから」

風花は、思いっきり嘘をついた。一瞬でバレる嘘だった。どうしようもなく追い詰められて、目の前にある現実から目を背けていた。できることなら、この場所から走って逃げたかった。

そういうわけにもいかず、現実――くろねこカフェ改め『しろねこカフェ』のキッチンを見た。あまり見たくはなかったけれど。

綺麗に磨き上げられていた床には、いくつもの割れた卵が散乱し、その上に、炭のような真っ黒な粉末がまき散らされている。もちろん炭ではない。ある意味、炭だったらよかった。

この黒い粉末は、すったばかりの黒ごまだ。黒ごまプリンを作ろうとして失敗したのである。黒ごまを盛大にぶちまけてしまった。

それだけでも言葉を失うほどの散らかりようだが、さらに辛《つら》い現実が展開されていた。電子レンジとその周辺だ。甘いにおいのする黒い謎のどろりとした液体が、マグマのように流れ落ちている。

そして、その液体が飛び散ったらしく、床や壁も汚れていた。その、どろりとした謎の液体は熱を持っていて、湯気を立てている。熱々のどろどろであった。

この店始まって以来の大惨事が起こっていた。誰がこの大惨事を引き起こしたのかと言えば、他でもない風花であった。

「たいしたものだ。なかなか、こんなに汚せるものじゃない。才能あるんじゃないのか」

横から口を出したのは、景のお見舞いから帰ってきたばかりの的場だ。このとき、航太と夕莉、的場、風花の四人がキッチンにいた。

的場は、スマホをいじりながら惨状を眺めている。蜂蜜《はちみつ》トーストを作ったときは手伝ってくれたし、病院に持っていってくれたが、それ以上の何かをするつもりはないらしく、完全に他人事《ひとごと》の顔をしている。そのくせ、追い打ちをかけるようなことを言った。

「そんな才能、おれはいらんけどな」

わたしだっていらない。そう言い返す気力もなくなっていた。改めてキッチンを見てしまったからだろう。

「どうしてこうなるのよ……」

頭を抱えたい気分だった。兄がこの場所に戻ってきてくれることを願いながら、退院祝いにお菓子を作ろうとしただけなのに、散らかった工事現場のようになってしまった。いや、今どきの工事現場はもっと片付いているか。

この惨状のいくつかは、的場が兄のお見舞いに出ていったあとに発生したものだった。だから、彼はこうなった理由を把握していない。病院に行って帰ってくる間に起こった出来事だった。

「一つ聞いてもいいか？」

「いくつでもどうぞ」

風花は、やけくそ気味に答えた。

「卵があるのはどうしてだ？」

いきなり核心を突かれた。だが、それは聞いてほしいことでもあった。

「黒猫ハルカのプリンに、卵は使われていなかったはずだが」

的場に指摘された。昔からの友人だけあって、母の作った黒ごまプリンをおぼえていたのだ。

かつて母が作っていた黒ごまプリン——黒猫ハルカのプリンには、卵が使われていなかった。レシピノートに残っていたのも、卵を使わないバージョンだった。

「どうして卵を使おうと思った？」

どことなく責めるような口調で問いを重ねてくる。風花が適当な真似をして、失敗したと思っているのかもしれない。

「思いつきか？」

決めつけるように言われたが、そんなわけはない。卵を用意したのには、深い理由があった。

「的場さんが言ったから」

そう言った瞬間、ものすごく嫌そうな顔をした。

「おれが？」

不本意そうに聞き返してきた。もう忘れてしまったのだろうか。的場は仕事ができるくせに、いい加減なところがある。

「うん。わたしにしかできないことがあるって」

思い出させるつもりで言った。兄が倒れて落ち込みかけた自分を、奮い立たせてくれた言葉だ。

おまえのできることをやって、景を助けてやってくれ。妹にしかできないことがあるはずだ。

的場が言ったことを復誦《ふくしょう》した。そらで言えるくらい、風花の心に刻まれていた。それなのに、的場は不思議なものを見ているような顔つきになって、怪訝《けげん》な声で問うてきた。

「卵を使うことと何の関係があるんだ？」

「わたしにしか作れないスイーツに挑戦しようと思って」

母とは違うものを作ろう、と風花は思ったのだ。だから卵を使った。

「ただの思いつきじゃないから」

調べた上で作ったものだった。卵黄はプリンに豊かな風味と滑らかさをもたらす、とネットのレシピにも書いてあった。

的場は不信感を隠しもせず、さらに質問を風花に重ねた。

「そのネットのレシピ通りに作ったのか？」

「作ってない。そういうコンセプトじゃないから」

きっぱりと答えた。それではネットの物真似だ。風花にしか作れないスイーツにはならない。

「アレンジを加えたの」

丁寧に説明をしてやった。卵と砂糖、黒ごまの分量を倍にし、大量の蜂蜜を入れてみた。その結果、電子レンジで加熱しても固まらなかった。筐体《きょうたい》を開けると、甘いにおいのする黒い液体が波打っていた。

だから加熱時間を増やした。固まるまで加熱してやろうと思ったのだ。すると、今度は爆発した。波打っていた黒い液体が器から飛び出したのだった。慌てた風花は、調理台に置いた卵や砂糖、黒ごまを落としてしまった。こうして工事現場ができあがった。

「そこはレシピ通りに作ろうよ。風花姉ちゃん、雑で不器用なんだから」

「わたしもそう思う」

航太と夕莉が訳知り顔で口を挟んだけれど、この二人も役に立っていない。黒ごまをすったり、卵を割ったりと手伝おうとしてくれたが、床に落ちたもののほうが多かった。黒ごまをまきちらし、いくつもの卵を無駄にした。まともに台所仕事をしたことがないようだ。

それでも、こうして手伝いに来てくれることに感謝していた。人が住まなくなると家は傷む。店も同じだ。人間の出入りはあったほうがいい。

景がしばらく入院することを知ると、航太と夕莉はくろねこカフェの掃除や片付けを手伝いに来てくれた。

　季節が変わった今も、学校帰りや休みの日に顔を出してくれる。メモリアルホール谷中の客でもあったから、風花も二人を知っていた。遠慮して断ろうとすると、こんな台詞《せりふ》を口にした。

「恩返しって言うの？　そういうやつ」

「景さんのおかげで、ちょっとだけ元気になったから」

　詳しい話は聞いていないけれど、くろねこのおやつを食べて救われたようだ。お見舞いに行きたかったようだが、感染症が流行《はや》っているのでやめたという。

　実のところ、その判断を下したのは、この二人だけではなかった。症状が出なくても感染しているケースがあるというので、多くの人間が医療機関に行くことを遠慮していた。風花や的場もお見舞いに行っても、そそくさと帰ってくる。病院に行きにくい毎日が続いていた。

　ちなみに、航太と夕莉の両親は、自分の子どもたちがくろねこカフェを手伝っていることを知っている。知っているだけではなく、ときどき顔を出して、庭先やカフェへ続く道の掃除をしてくれた。

　その他にも、兄が倒れたあと、たくさんのひとたちが訪ねてきた。景の同級生もいれば、近所の人間もいたし、くろねこカフェの常連客もいた。中野順子の友人たちも顔を出した。誰もが、兄を心配している。兄の帰りを待っていた。

風花も、景には感謝している。あのとき作ってくれた蜂蜜トーストとカモミールティーのおかげで、失いかけていた自信を、仕事への意欲を取り戻せた。自分の居場所を見つけることができたような気もする。自分の意志で生きることができるようになった気がする。

だからこそ、迎えには行かない。今日これから退院することを知っているけれど、病院に迎えには行かないと決めていた。

両親の出会ったこの店で、しろねこのおやつを作って兄の帰りを待っているつもりだった。

そんなことを思っていると、ふいに窓の外から笛を吹くような鳴き声が聞こえてきた。

ピーヒョロロロ……。

とんびだ。窓の外を見ても姿は見えないけれど、海上を飛んでいるらしい。いつの間にか雪がやんでいる。

「あれ……？」

風花は目を見張った。海辺を散歩する黒猫の姿が見えたのだ。ハルカによく似た黒猫が歩いていた。しかし、まばたきをすると消えてしまった。砂浜には、小さな足跡さえ残っていない。

目の錯覚だったのだろうか？

それとも、白昼夢を見たのだろうか？

首を傾げたその瞬間、ふいにインスピレーションが湧いた。天啓とでも言うべきアイディアが浮かんだ。

「白ごまプリンのほうがいいよね」

白昼夢からの連想である。言葉にすると、とんでもない名案のように思えた。しろねこカフェなのだから、黒ごまを使わないほうがそれらしい。これこそオリジナルというものだろう。

どう考えたってグッドアイディアなのに、賛成の声は上がらなかった。

「そういう問題じゃないと思うよ」

「うん。まずは片付けたほうがいいんじゃないかなあ」

航太と夕莉が、つまらないことを言い出した。床や壁では飛び散った黒ごまプリンのなれの果てが乾燥して固まりかけていて、電子レンジは悪の温床みたいになっている。

「嫌がらせみたいになっちゃったね」

「景さん、綺麗《きれい》好きなのに」

そこには触れないでほしかった。片付けなければならないことは、百も承知している。ただ台所の掃除はあまり得意ではなかった。はっきり言えば、やったことがない。航太と夕莉も似たようなものらしく、モップや雑巾《ぞうきん》を持ってうろうろしているだけだった。普通の掃除ならできるだろうけれど、工事現場の片付けは荷が重い。

この惨状を片付けることのできる人間は、この場に一人しかいない。風花は、おずおずとその一人に声をかけた。

「ええと、あの、ま……的場さん――」

「自分で散らかしたんだから、自分で掃除しろ」

即答であった。最後まで言う前に断られた。しかも、風花を見ようともしない。さっきからスマホをいじっている。ときどき音が聞こえた。ゲームをやっているのか、もしくは、この惨状を撮影してSNSにでも投稿して笑うつもりなのか。とにかく助けてくれなかった。

そうしているあいだも、時計の針は進む。キッチンの惨状を眺めているうちに、景の退院予定時間になってしまった。招待状を出しておいて、何の準備もできていなかった。まずい。すごく、まずい。掃除をしていたら、絶対に間に合わない。お茶会を開くことができない。

——こうなったら。

風花は唇を固く結び、強く決心した。的場に頼らず解決する方法が一つだけある。それは、最後の手段でもあった。

「とりあえず忘れよう！　うん、忘れた！」

航太と夕莉が、不吉なものを見るような目でこっちを見た。聞かれる前に、風花は心に決めたことを口に出した。

「散らかっていることは忘れることにしたから！　このまま、白ごまプリンを作るから！」

終わったことを、くよくよ考えていては駄目だ。掃除なんてしなくても、たぶん平気だ。

そうだ、前に進もう。人間の目が前についているのは、前へ前へと進むためだ。過去を振り返る必要はない。

風花は、この場にいる全員に宣言した。

「わたしは負けない」

エピローグ

谷中景は、海辺の砂浜を歩いていた。ゴールデンウィークが終わり、退院してから初めての夏が訪れようとしている。

手術を受けてから十ヶ月近い歳月が流れたが、再発もせず、まだ生きている。リハビリのおかげで、まっすぐ歩くことができるようになった。とりあえずだが、日常生活を送るのが困難になるような麻痺《まひ》は残っていない。運がよかった。

景は足を止めて、雲一つない青空を見上げる。暑かった。向日葵《ひまわり》はまだ咲いていないのに、気温は三十度近くもある。

ただでさえ短い春が、いつの間にか終わってしまった。雪が降った冬は遠い過去のようだ。

あのときの自分は、もう、どこにもいないのかもしれない。季節の移ろいとともに世の中は変わり、ひとは過去の出来事を忘れていく。思い出は儚《はかな》く消えていく。

けれど、おぼえていることはある。たくさん、ある。変わらないものも、たぶんある。きっと、ある。

○

去年の初雪が降った日、景は病院をあとにした。バッグにまとめた荷物を膝《ひざ》の上に置き、タクシーに乗った。

行く当てもないくせに、とにかく電車に乗ろうと袖ケ浦駅に向かった。風花や友人たちとも会わず、この町から離れようとしていた。しろねこのお茶会の招待状を受け取りはしたが、あのカフェに行くつもりはなかった。もう二度と戻らないと決めていた。

タクシーの座席で、今さら時刻表を見ておこうと、スマホをポケットから取り出したときだ。その瞬間、メールが届いた。的場からだった。メッセージはなく、動画が添付されていた。

無視しようかとも思ったが、自分も妹も的場には世話になっている。恩知らずな真似はできない。

少し迷ってからイヤホンをつけて再生すると、聞きおぼえのある声——会話が聞こえてきた。

「風花姉ちゃん、ここで現実逃避しないでくれる？　まあ、現実を見たくない気持ちはわかるけどさあ」

「航太くん、あんまり追い詰めちゃ駄目だよ」

くろねこのお茶会に来たことのある山田航太と小峰夕莉の声だった。蜂蜜《はちみつ》トーストと一緒にもらった招待状に名前があったから、すぐにわかった。

スマホを見ると、予想通りの顔が写っていた。二人とも呆《あき》れたような、それでいて気の毒そうな顔をしている。アップで撮っているので周囲がよく見えないが、くろねこカフェにいるようだ。

何をやっているんだろう、と景が不思議に思う暇もなく、的場と妹の声が聞こえてきた。

「なかなか、こんなに汚せるものじゃない。才能あるんじゃないのか」

「どうしてこうなるのよ……」

それから風花が映った。スマホの中で頭を抱えている。だが頭を抱えたくなったのは、景のほうだった。

「な……」

思わず声が出た。タクシーの運転手に聞こえただろうが、人目を気にしている余裕はなかった。風花が映った拍子に、くろねこカフェの床や壁、電子レンジの惨状が目に飛び込んできたのだ。

ひどい有様《ありさま》だった。何が起こったのかは一目瞭然《いちもくりょうぜん》だ。電子レンジで、黒ごまプリンを作ろうとして失敗したのだ。おそらく、加熱しすぎたのだろう。黒ごまプリンの爆発に焦って、卵などの材料を落としてしまったというところか。

——そこまではいい。

いやよくはないが、理解はできる。問題はその続きだった。いくつかの会話が交わされ、しばらく経ったころ、風花がひらめいたような顔をして呟《つぶや》いた。

「白ごまプリンのほうがいいよね」

景は目を剝《む》いた。妹はカフェに恨みでもあるのかと真剣に考えた。

航太と夕莉が諫《いさ》めるが、風花は聞く耳を持たない。汚れたキッチンを片付けもせずに、白ごまプリンを作ろうとする。何やら決心した顔で、新たな事件を起こそうとしていた。

「わたしは負けない」

「……頼むから負けてくれ」

景は呻《うめ》いた。タクシーの運転手が心配そうな顔をしているが、スマホから目を離せない。現在進行形で事件が起こっているのだから。

風花が白ごまをすり始めた。キッチンを片付けもせずに作業を始めたせいで、計量スプーンが床に落ちた。他にもいろいろ落ちた音が聞こえたが、妹は拾うどころか見もしなかった。

戦いを挑むような顔で白ごまをすったあと、新しい卵を冷蔵庫から出した。これだけ卵を割ったのに、まだ割るつもりだ。母から受け継いだカフェが、さらにメチャクチャになってしまう。

「もう、やめてくれ」

スマホの中で躍動する風花に願った。そのまま祈るように動画を見ていると、的場から新しいメールが届いた。

そこには、恐ろしい脅し文句が書いてあった。

早く帰って来ないと、金ごまプリンも作り出すぞ。

景は耐えられなかった。そんな狼藉《ろうぜき》に耐えられるはずがない。こうして、タクシーの運転手に行き先の変更を告げたのだった。

○

海辺で遊ぶ季節——夏が近づいて来ているのに、砂浜には誰もいなかった。だが、砂の城とトンネルが波打ち際に残っていた。両方とも崩れかかっていて、もうすぐ波にさらわれそうだった。

景はそんな誰かが遊んだ形跡を見ながら、歩けることを確かめるように足を進めた。

そして意味もなく呟いてみた。

「わたしは負けない」

風花の言葉だ。何と戦っているのかはわからないけれど、そう思うことは大切なのかもしれない。勇気が湧いてくる。前に進もうと思うことができる。

生きていくのは難しく、人生に迷うことも多い。辛《つら》いことや悲しいことが、次々と起こる。死んでしまいたいと思うときもある。それも一度や二度ではなく、何度もあるだろう。

だけど生きる力を与えてくれる出来事だってあるはずだ。ささやかな思い出を宝石のように抱いて、ひとは前に進んでいく。幸せだったころの記憶に支えられて生きていく。景にも、そんな記憶があった。

両親と一緒に過ごした子どものころの記憶。

カフェの主になって、最後のおやつを作った記憶。

たくさんのひとたちと出会い、別れた記憶。

それから、店を汚した風花と止めなかった的場を叱りながら、くろねこカフェの大掃除をした記憶。

工事現場のように散らかったカフェのキッチンと情けなさそうな妹の顔を思い出すと、笑わずにはいられない。だから砂浜を歩きながら笑った。死にかけた身体でも笑うことができた。

病気の再発は怖いし、死ぬのも怖いが、こうして笑えるうちは前を向いて歩くことができる。打ちのめされても、幸せな記憶に支えられて起き上がることができる。笑うことができる。

「海の向こうにあの世がある、か……」

両親が死んだとき、風花に言った言葉を思い出した。海のそばで生まれた人間には、海上他界観は馴染《なじ》みやすい考え方だった。

静かな袖ケ浦の海の向こうで、両親やハルカが暮らしている。自分や風花を見守っていてくれる。

ときどき砂浜で見かける黒猫はやっぱりハルカで、あの世から散歩に来ているのかもしれない。あるいは、自分たちを心配して様子を見に来ているのか。

景は海の向こうに呟いた。両親やハルカの顔を思い浮かべながら言った。

「もう少しだけ、こっちでがんばるから」

○

やがて古民家風の建物が見えてきた。ひっそりとしていて、黒猫をかたどったプレートは、まだかけられていない。キッチンの抽斗《ひきだし》の中の、風花が作った白猫のプレートの隣で、景がやって来るのを待っている。

店の前で立ち止まると、波の音や海鳥の鳴き声が聞こえてきた。海辺で聞く音は、いつだって傷ついた人間を受け入れてくれる。あと一月もしないうちに、裏庭の向日葵《ひまわり》が咲くはずだ。

最後のおやつを申し込んだひとたちは、この砂浜を通って、くろねこカフェを訪れる。自分が死んだあと、家族や大切なひとに優しさを残そうとやって来る。

死を覚悟しながら生きているのは、自分だけじゃない。また、家族や大切なひとを失って悲しんでいるひともいる。たくさん、いる。

そんなひとたちのために、美味《おい》しいおやつを用意しよう。くろねこカフェで待っていよう。

いただきます。

ごちそうさま。

ありがとう。

この世界には、素敵な言葉があふれている。素敵な言葉を言いながら、ひとは大きくなっていく。

美味しいおやつの思い出は、少しだけ切ない。そして、どこまでも優しい。ピーヒョロロロ……と、とんびがどこかで鳴いた。

景は、くろねこカフェのドアを開けた。りん、と呼び鈴が鳴った。店の空気が海辺に出ていく。

本書は書き下ろしです。
この作品はフィクションです。実在の人物、団体等とは
一切関係ありません。

くろねこカフェのおやつ

午後三時《ごごさんじ》の蜂蜜《はちみつ》トースト

高橋由太《たかはしゆた》

令和5年 9月25日　初版発行

発行者●山下直久

発行●株式会社KADOKAWA
〒102-8177　東京都千代田区富士見2-13-3
電話　0570-002-301（ナビダイヤル）

角川文庫 23822

印刷所●株式会社暁印刷
製本所●本間製本株式会社

表紙画●和田三造

●お問い合わせ
https://www.kadokawa.co.jp/（「お問い合わせ」へお進みください）
※内容によっては、お答えできない場合があります。
※サポートは日本国内のみとさせていただきます。
※Japanese text only

ISBN 978-4-04-114007-9　C0193

角川文庫発刊に際して

角　川　源　義

第二次世界大戦の敗北は、軍事力の敗北であった以上に、私たちの若い文化力の敗退であった。私たちの文化が戦争に対して如何に無力であり、単なるあだ花に過ぎなかったかを、私たちは身を以て体験し痛感した。西洋近代文化の摂取にとって、明治以後八十年の歳月は決して短かすぎたとは言えない。にもかかわらず、近代文化の伝統を確立し、自由な批判と柔軟な良識に富む文化層として自らを形成することに私たちは失敗して来た。そしてこれは、各層への文化の普及滲透を任務とする出版人の責任でもあった。

一九四五年以来、私たちは再び振出しに戻り、第一歩から踏み出すことを余儀なくされた。これは大きな不幸ではあるが、反面、これまでの混沌・未熟・歪曲の中にあった我が国の文化に秩序と確たる基礎を齎らすためには絶好の機会でもある。角川書店は、このような祖国の文化的危機にあたり、微力をも顧みず再建の礎石たるべき抱負と決意とをもって出発したが、ここに創立以来の念願を果すべく角川文庫を発刊する。これまで刊行されたあらゆる全集叢書文庫類の長所と短所とを検討し、古今東西の不朽の典籍を、良心的編集のもとに、廉価に、そして書架にふさわしい美本として、多くのひとびとに提供しようとする。しかし私たちは徒らに百科全書的な知識のジレッタントを作ることを目的とせず、あくまで祖国の文化に秩序と再建への道を示し、この文庫を角川書店の栄ある事業として、今後永久に継続発展せしめ、学芸と教養との殿堂として大成せんことを期したい。多くの読書子の愛情ある忠言と支持とによって、この希望と抱負とを完遂せしめられんことを願う。

一九四九年五月三日